YR

- p...
- cœur et produit repousse
  cheveux

papier + enveloppe
2 crème Thié

— thenée chauffe eau.
  + eau fleur oranger
  2 b

Née en 1974 à Kaboul, Chékéba Hachemi a quitté l'Afghanistan à l'âge de 11 ans, à l'époque où le pays subissait l'occupation de l'Union soviétique. Installée à Paris, elle participe, en 1996, à la création de l'ONG Afghanistan Libre, qui soutient la mise en place de projets dans les domaines de l'éducation, de la santé et de l'économie locale. Elle préside depuis cette ONG. Première femme diplomate du gouvernement provisoire afghan, elle est nommée en 2002 premier secrétaire de l'ambassade d'Afghanistan à Bruxelles, puis devient ministre conseiller à Paris, en 2007. Deux ans plus tard, elle présente sa démission au président Karzaï, dénonçant la corruption.

DU MÊME AUTEUR

Visage volé
Avoir vingt ans à Kaboul
(avec Latifa)
Anne Carrière, 2001
et « Le Livre de poche », n° 15399

Pour l'amour de Massoud
(avec Sediqa Massoud et Marie-Françoise Colombani)
XO éditions, 2005

Site Internet de l'association Afghanistan Libre :
www.afghanistan-libre.org

Chékéba Hachemi
*avec la collaboration
de Stephen Carrière*

L'INSOLENTE
DE KABOUL

RÉCIT

Éditions Anne Carrière

TEXTE INTÉGRAL

ISBN 978-2-7578-2876-2
(ISBN 978-2-8433-7570-5, 1ʳᵉ publication)

© S.N. Éditions Anne Carrière, 2011

Le Code de la propriété intellectuelle interdit les copies ou reproductions destinées à une utilisation collective. Toute représentation ou reproduction intégrale ou partielle faite par quelque procédé que ce soit, sans le consentement de l'auteur ou de ses ayants cause, est illicite et constitue une contrefaçon sanctionnée par les articles L. 335-2 et suivants du Code de la propriété intellectuelle.

*Aux deux Mariame de ma vie,
ma mère et ma fille,
à mes sœurs Suraya, Lailoma,
Sohaila et Chakila*

Chronologie de l'histoire contemporaine de l'Afghanistan

1919 : fin de la troisième guerre anglo-afghane ; l'Afghanistan retrouve son indépendance.
1919-1929 : le roi Amanullah Shah engage une politique d'occidentalisation
1929-1933 : règne de Nadir Shah, assassiné en 1933
1933 : début du règne de Mohammad Zaher Shah, fils du précédent
1947 : départ des Anglais du sous-continent indien et formation du Pakistan
1964 à 1973 : nouvelle constitution et période démocratique
1973 : le prince Mohammad Daoud renverse la monarchie
1978 : un nouveau coup d'État instaure une deuxième république d'inspiration communiste, dont la fragilité entraîne l'intervention militaire de l'URSS
1979-1989 : occupation soviétique et opposition de la résistance islamiste, soutenue par les Américains
28 avril 1992 : les moudjahidines entrent dans Kaboul, c'est le début d'une guerre civile pour le pouvoir, dont souffriront beaucoup les populations civiles
1996 : les talibans renversent le gouvernement des moudjahidines, instaurent à Kaboul un régime islamiste et font régner la terreur
1996-2001 : des moudjahidines se regroupent sous la

bannière d'Ahmed Shah Massoud dans la vallée du Panshir pour lutter contre les talibans

Avril 2001 : Massoud se rend en France et au Parlement européen, à Strasbourg, pour demander de l'aide dans son combat contre les talibans

9 septembre 2001 : assassinat de Massoud dans un attentat-suicide

11 septembre 2001 : après les attentats contre New York et Washington, les Américains interviennent militairement contre un régime accusé de soutenir les terroristes

2001 : un gouvernement provisoire interethnique, reconnu par les Occidentaux, dirigé par le Pachtoun Hamid Karzaï, est formé. Ce dernier est élu président en 2004, puis en 2009

Avant-propos de l'auteur

Ce livre retrace mon parcours. Si j'en ai entrepris l'écriture, c'est avec l'espoir que ma vie, les combats auxquels j'ai participé, les erreurs que j'ai commises, mes petites victoires et mes échecs ont quelque chose à dire sur l'Afghanistan. Parce qu'il s'agit d'un témoignage, les quelques enseignements que contient cet ouvrage ne peuvent prétendre qu'à être parcellaires et personnels. Mon gage est ma sincérité. Ma limite, c'est moi-même. Mais c'est la règle du genre quand on raconte sa propre histoire, et il appartient aux lecteurs de juger du résultat.

En revanche, un point doit être soulevé avant même que la lecture ne commence. Un des sujets de ce livre est la vie d'une association, Afghanistan Libre, que j'ai créée avec Marie-Laure Gauvin et Claire Ladon, en septembre 1996 et qui continue d'œuvrer pour la cause des femmes afghanes. J'en ai toujours été et demeure le visage public, mais son corps et son âme appartiennent à tous les bénévoles qui l'ont fait vivre au cours des années. Je n'ai pas pu les citer dans ce livre pour la simple raison qu'étant si nombreux et s'étant impliqués au cours de périodes très diverses, la description nominative et circonstanciée de leur présence aurait rendu le récit très difficile à suivre. Notre histoire commune est riche en anecdotes et en émotions. Elle remplirait un autre livre. Je suis restée en contact avec la plupart de ces personnes formidables. La cause de l'association est devenue leur cause. Nombreux sont ceux qui ont tissé des liens personnels en Afghanistan. Ils font partie du conseil d'administration de l'association, ils se sont mariés en Afghanistan, ils mènent des carrières diverses à travers le monde, ils sont mes amis.

Il me paraît donc important de prévenir le lecteur que, chaque fois qu'il lira dans ce livre, au sujet d'Afghanistan Libre, une phrase commençant par « je », il doit entendre :

Nazim Akrami, Pascal Avot, Brigitte Bataille, Vincent Brotons-Dias, Anne-Gaëlle Chevalier, Julie Domenget, Marie Druart, Martine et Michel Dupin, Nathalie Godard, Christine Héritier, Dominique Hislaire, Marie Humbert, Thibault Jacobière, Julien et Sandrine Jacquot, Aurore Juillard, Arnaud Juliard, Nicole Kiil-Nielsen, Myriam Laaroussi, Vlasta Livi, Mélanie Maillet, Julija Narkeviciute, Halina Niazi, Gilles Rotrou-Berchon, Isabelle Thys, Sébastien Turbot, Christophe Vavasseur.

Et parmi ceux à qui l'association est tant redevable :

Véronique Abadie, Fadela Amara, Nicole Ameline, Association Rennes-Afghanistan, Anne-Marie et Jean-Luc von Arx, Agnès B, Jean-Claude Bailly, Pierre Bergé, Roland Biache, Dominique Blanchecotte, Agata Boetti, Yann Borgstedt, Anne et Alain Carrière, Franck Chaumont, Éric Chesson, Béatrice de Clermont-Tonnerre, Marie-Françoise Colombani, Ariel Croonenberghs, Hélène Darroze, Isabelle et Emmanuel Delluye, Manuela Del Marmol, Hugues et Françoise Dewavrin, Gaston Dumont, Jaimie Dupont, Bea Ercolini, Aurélie Filipetti, Michèle Fitoussi, Nicole Fontaine, Brigitte Forissier, Chlo Freoa, Carlos Ghosn et son équipe de « super women », Franz-Olivier Giesbert, Catherine et Elsa Guiole, Karine Guldemann, Hameed Haami, Pauline et Abbas Jabber, Bruno Laforgue, Olivia de Lamberterie, Christophe Lamfalussy, Bernard-Henri Lévy et Arielle Dombasle, Alexandre et Alexandra Lippens, Anne Mahrer, Sediqa Massoud, Françoise Monard, Jacques Nancy, Pascal et Christine Oddo, Jean-Marc Piaton, Atiq Rahimi, Caroline Rostang, Solidarité Afghanistan Tournaisie, Hanifa Tatem, Valérie Toranian, Manuel Tornare, Charlotte de Turckheim, Astrid Ullens, Rama Yade.

Il ne s'agit pas de remerciements mais bien d'une reconnaissance de dette. Une fois cette indispensable vérité établie, il me reste encore à les remercier de tout mon cœur.

1

Février 1986, passe de Khaibar

Ils sont cent mètres plus haut et la pente est raide. Ils ont monté en lacets et je me dis que je vais rattraper le temps perdu en grimpant tout droit. Si je pouvais utiliser mes bras pour garder l'équilibre, ce serait plus simple, mais il faut que je tienne les plis du tchador qui entrave mes jambes et m'enveloppe de sa fournaise. Le soleil est haut dans le ciel. Si j'avais des chaussures à la place de ces tongs ridicules qui glissent sur les cailloux, je pourrais peut-être soutenir leur allure. Si j'étais une adulte, si je faisais la même taille qu'eux, si j'avais déjà marché en montagne… Le pire n'est pas d'être à la traîne. Le pire est de les voir se reposer en sachant que dès que je les aurai rejoints, ils reprendront la route. Alors je force le pas et, pour la deuxième fois aujourd'hui, je trébuche, tombe et roule vingt mètres plus bas. J'ai crié. Je me relève. Les pierres ont meurtri mes mollets et j'ai mal aux fesses, aux chevilles et au dos. Je remets une de mes tongs. Je les observe, ils ne m'accordent pas un regard, ni le passeur ni les deux femmes embarquées avec moi dans cette aventure et qui ne m'ont pas encore adressé la parole depuis que j'ai été séparée de ma mère.

Il faut grimper, maintenant. J'ai mal, j'ai soif et je suis épuisée. Mais il y a une chose que je sais du haut de mes onze ans, une chose qui me porte. Je l'ai décidé sans savoir d'où vient cette détermination : cet homme qui nous guide dans les montagnes et qui pourrait à tout moment m'abandonner, qui m'en a menacée calmement et que je sais capable du pire, cet homme ne me verra pas pleurer, il ne m'entendra pas me plaindre, je ne le laisserai pas me vendre aux nomades ou me planter au détour d'un chemin. Cet homme qui me méprise parce que je suis une enfant, parce que je suis une fille de bourgeois de Kaboul, cet homme ne sera pas ma perte, et je retrouverai ma mère.

2

Trois jours plus tôt

Nous avons quitté la maison en laissant les lumières allumées. Tout a été préparé de longue date. Je fais confiance à maman et ne lui demande pas pourquoi nous sommes habillées comme si nous allions prendre le thé chez des amis, ni pourquoi nous n'emportons rien avec nous. Mes frères, Zarin, Saber et Zaman, ont déjà emprunté ce chemin à travers la passe de Khaibar[1]. Cela n'a pas été facile, surtout pour Zaman, mais ils y sont parvenus et nous attendent en France. Nous avons retrouvé le passeur et deux jeunes femmes qui feront la traversée avec nous. On nous a donné des tchadors[2]. Malgré ses fortes crises d'asthme, maman a l'air confiant, elle me rassure. À l'aube, nous sommes montées dans un minibus pour Peshawar, au Pakistan. Après une journée de route, le passeur invoque des problèmes d'organisation et nous dit que nous devrons patienter deux jours à Jalalabad, avant de tenter la fron-

1. Il s'agit d'un long défilé de 58 kilomètres appartenant au massif de l'Hindou-Kouch et séparant l'Afghanistan du Pakistan.
2. Ce que l'on nomme « tchador » en Afghanistan est un grand foulard, souvent coloré, posé sur la tête et enroulé sur les épaules.

tière. Il interdit à maman de me laver car il faut que je passe pour une petite nomade quand nous franchirons les contrôles. Les Russes exercent une surveillance sérieuse aux check-points. Depuis l'invasion soviétique en 1979, des centaines de milliers d'Afghans ont fui le pays, la plupart en passant par le Pakistan. Les morts parmi eux se comptent par milliers. Le troisième jour, à 4 heures du matin, nous prenons un autre minibus. Un second passeur se joint à nous, il se tient à l'arrière, à côté de ma mère, tandis que le premier m'a gardée avec lui à l'avant. Si tout se déroule comme prévu, nous devrions arriver le soir même.

Au premier check-point, des soldats russes et des policiers afghans, dont une femme, nous font signe de nous arrêter. La femme s'adresse en pachtou aux passeurs, et je n'y comprends rien. Maman doit raconter qu'elle est très malade et qu'elle se rend au Pakistan pour y être soignée. Malheureusement, la première partie de l'histoire est vraie. Les policiers semblent s'en satisfaire. En ce qui me concerne, il n'y a pas de scénario défini, si ce n'est que je suis supposée être une enfant de nomades, sans doute apparentée au passeur. La policière s'approche de moi et me fait un grand sourire. Innocente, je lui réponds en lui montrant toutes mes dents… bien trop blanches et soignées pour celle que je prétends être. Elle nous ordonne immédiatement de descendre du véhicule, le passeur, les deux autres femmes et moi. Ma mère panique et son voisin la bâillonne de sa main. Le minibus redémarre, ma mère se libère, hurle, frappe sur la vitre. J'ai peur en voyant maman s'éloigner. Nous nous tenons tous les quatre sur le bas-côté de la route, au milieu des véhicules immobilisés, à quelques mètres d'un minuscule village aux maisons en torchis.

Il ne se passe rien. On ne m'explique rien. Les heures

s'étirent sous le soleil et la poussière, je meurs de soif. Notre passeur va bavarder avec des camionneurs, des villageois, des policiers ; il revient, ne dit rien, recommence ses allées et venues. À chaque fois, j'espère qu'il aura trouvé de l'eau. Le soleil descend à l'horizon. Est-ce qu'on va nous arrêter, nous ramener à Kaboul ?

Soudain, il nous prévient qu'à son signal, il faudra se mettre à courir, même si on nous tire dessus, courir à travers champs jusqu'à un ruisseau, sauter dans ce ruisseau. Si on y arrive, tout ira bien, car la police ne s'aventure pas aussi loin à cause des moudjahidines. Bizarrement, je n'ai plus peur : on attend quelque chose de moi. En revanche, je me demande pourquoi on m'a laissé partir en tongs s'il faut courir, et puis je m'interroge : comment court-on avec un tchador ? Je n'en ai jamais porté.

Le signal est donné. Je tiens les pans de tissu comme je peux et crispe les orteils comme des serres pour ne pas perdre mes semelles. Je cours droit dans le champ. Les adultes ne m'attendent pas. Je ne leur en veux pas car les coups de feu claquent autour de nous. Au bout de cinq minutes, nous atteignons le ruisseau, dont le lit est à sec, et nous nous y cachons. Les coups de feu cessent. Nous attendons en silence. Personne ne vient nous chercher. Une heure d'immobilité absolue. Quand il fait nuit noire, le passeur se lève, et nous le suivons.

Les trois adultes discutent en marchant, les deux femmes ont l'air calmes. Très vite, le chemin se met à sinuer dans les montagnes. Nous progressons dans l'obscurité deux heures durant. Arrivés en haut d'un col, les grands pénètrent dans une maison délabrée. Je n'ai pas pris trop de retard mais, lorsque je les rejoins, ils sont déjà installés dans l'étable autour d'une nappe tendue sur la paille, au milieu des moutons, d'un âne et d'un bœuf.

Je me sens exclue, épuisée et apeurée. Je m'assieds.

Nos hôtes, très pauvres, nous offrent du pain rassis avec des herbes et du sel. Je n'ai pas l'habitude d'une telle nourriture. Même quand nous étions cloîtrées à Jalalabad, maman donnait un supplément d'argent au passeur pour qu'il nous arrange des repas dignes de ce nom.

Je ne me plains pas, mais je ne touche pas au pain. Cela n'échappe pas au passeur, je vois tout de suite qu'il me juge. Je ne dois pas lui montrer qu'il m'impressionne, même si, assis, il est plus grand que moi debout. Je lui tiens tête comme je peux :

– Quand est-ce qu'on arrive ?

Il ne me répond pas.

– J'ai mal aux pieds.

– Mange !

Je fais signe que non. Il me toise avec colère et dédain.

– Tu vas manger, petite Kaboulie trop gâtée ! Tu vas manger et tu vas marcher autant qu'il faudra. Tu feras tout ça sans geindre parce que je peux te vendre aux nomades quand je veux dans ces montagnes. Ta mère a déjà payé la moitié du passage. Alors, garde bien à l'esprit que tu ne vaux pas grand-chose pour moi.

Les deux femmes semblent souscrire à cette façon de voir. Ils sont solidaires et plus forts que moi. Le passeur a prononcé ces menaces sans cesser de rouler les herbes dans son pain et de le tremper dans le bol de sel. J'ai peur des nomades, mais je trouve la force de lui lancer mon regard le plus noir avant de m'écrouler sur la paille.

Cette soirée lugubre est le début d'un périple de dix jours qui changera ma vie à jamais. Avant de m'endormir, j'ai ma première crise d'asthme. Cela me fait penser à maman. J'aimerais qu'elle sache que je suis vivante, mais que j'ai très mal aux pieds. J'aimerais qu'elle sache que je respire aussi mal qu'elle à présent.

3

Kaboul, deux ans auparavant

Maman me passe le plat de *qaboli palaw*, du riz caramélisé avec des carottes, des raisins secs, des amandes et de la viande d'agneau. Ça sent divinement bon. La tablée est plutôt joyeuse, mais j'ai de la peine pour ma sœur Lailoma, assise à côté de moi, qui ne touche pas à la nourriture. Elle vient d'accoucher de sa troisième fille et, comme chaque fois, son mari Wakil est entré dans une rage terrible. Je n'ai que neuf ans, mais je ne trouve pas cela normal. J'en veux un peu à tout le monde d'accepter que chaque grossesse de ma sœur se finisse dans les larmes, et je me demande comment ils font tous pour ne pas remarquer l'énorme cocard qui dessine une fleur violacée autour de son œil gauche. Dans ces cas-là, papa me manque terriblement. Je n'avais pas deux ans quand il est mort, mais j'ai l'impression de l'avoir connu ; il aurait dit quelque chose pour son œil, il aurait fait quelque chose – peut-être convoqué Wakil dans sa belle bibliothèque pour lui réclamer des comptes. Mais la bibliothèque est vide à présent. Où sont passés les livres de mon père ?

Ma sœur Sohaila semble remarquer ma tristesse. Elle

prend un air comique de maquignon pour m'examiner depuis l'autre côté de la table :

– *Jan e quandol*[1], il faut que tu passes au salon demain. Qui t'a fait cette coupe atroce ?

– C'est toi !

Je souris parce que je sais où elle veut en venir. Sohaila, en plus de son travail à la banque agricole, passe beaucoup de temps dans le salon de coiffure d'une amie. Je suis devenue son cobaye préféré et je me plie volontiers à ses assauts de créativité.

– C'est moi ? Impossible ! Chékéba, je te le dis comme je t'aime, cette coupe est à vomir.

J'éclate de rire devant les regards surpris par sa véhémence. Tout le monde sait que Sohaila m'adore et me traite comme une princesse. Seule Chakila rit avec moi. La veille, nous sommes allées toutes les trois voir en cachette un film de Bollywood. Il racontait l'histoire de Mehboba, une danseuse qui meurt et ressuscite dans le corps d'une autre femme. Une histoire d'amour bien sûr. J'ai adoré ce film qui nous a offert deux moments inoubliables : d'abord, la scène sublime où l'héroïne danse le *kathak*[2]. Ensuite, un grand Sikh assis derrière moi a rendu tout son repas dans mes cheveux. Heureusement, c'est arrivé à la toute fin de la séance, mais il nous a fallu rentrer à pied car aucun taxi ne voulait de moi à son bord. Je me suis dit que c'était la vengeance méritée de Jagjita, une jeune copine sikh à qui deux amies et moi avions joué un très mauvais tour l'année précédente, pendant un cours de couture. La communauté hindoue comme la petite communauté juive étaient très bien intégrées à

---

1. Chérie d'amour.
2. Danse traditionnelle du nord de l'Inde.

Kaboul, et nous n'avions aucune connaissance de leurs croyances. Nous avions bien remarqué que les Sikhs, hommes et femmes, portaient leurs cheveux incroyablement longs, mais nous étions dans l'ignorance totale de l'aspect sacré de cette coutume. C'est une très mauvaise excuse, je m'en rends compte aujourd'hui, mais quand nous nous étions glissées derrière Jagjita absorbée dans son travail de broderie pour lui couper un petit bout de sa natte, nous étions certes de vilaines pestes, mais nous n'avions pas conscience de stigmatiser sa différence culturelle. Nous avions tout de suite compris la portée de notre grossièreté en constatant que sa première réaction avait été de récupérer les cheveux coupés pour les rapporter chez elle.

Autour de la table, Parissima, la plus grande de mes sœurs, fait tinter ses bracelets dans un geste d'exaspération. Elle me déteste. Parce que je suis la petite dernière et que maman me couve – c'est Parissima qui m'a surnommée « l'appendice » pour railler notre complicité. Parce que papa, moins austère en vieillissant, avait l'habitude de me prendre dans ses bras, ce qu'il n'avait fait pour aucun autre de ses quatorze enfants. Enfin, tout simplement, parce qu'elle est l'aînée des filles et que, selon elle, cette préséance lui confère un certain nombre de privilèges, dont celui d'être à tout instant le centre de l'attention générale. Du coup, elle tinte. Son mari, Khalil, doit pressentir l'orage, car il glisse maladroitement :

– Chérie, il faudra songer à ne pas partir trop tard.

Ma mère estime que le moment est venu de détendre l'atmosphère, même aux dépens de son gendre :

– Cher Khalil, vous pouvez terminer votre déjeuner sans crainte. Le couvre-feu débute après le dîner, ça vous laisse un peu de temps pour vous préparer.

Cette fois, tout le monde pouffe. La couardise de Khalil est un sujet de moquerie familiale. Il n'y a que ma mère pour oser ce genre de remarque. Elle peut se le permettre. Pas seulement parce qu'elle est la veuve de Sikandar Hachemi, mais parce qu'elle est comme ça, maman, une femme impétueuse qui n'a pas peur des hommes – elle n'avait même pas peur de son mari, et leurs fréquentes disputes, si elles attristaient mes frères et sœurs, étaient un signe d'émancipation très rare chez une Afghane et la manifestation d'une tolérance encore plus rare de la part d'un époux afghan. Sa belle-famille aurait dû en tenir compte quand elle a essayé de lui prendre la maison de Kaboul et les quelques terres, à Paghman, que possédait mon père avant de mourir. Ils ne s'attendaient pas à ce qu'une veuve ait la ressource et le courage de les traîner devant les tribunaux et, comble de l'indélicatesse féminine, de gagner le procès, assurant à ses enfants la tranquillité et le confort que notre père avait espéré nous léguer.

D'ailleurs, Khalil pique du nez dans son riz et supporte la plaisanterie sans acrimonie. Il sait que ce n'est pas méchant et que tout le monde ici l'aime bien. C'est un homme gentil et très amoureux de sa femme.

Parissima, en revanche, ne compte pas laisser passer l'affront. Elle prend un air outré. Comme elle est assez narcissique, la coquetterie l'emporte toujours sur l'expressivité, et toutes ses poses se ressemblent : visage pincé, offert de trois quarts à l'admiration générale, menton relevé et regard de braise sans un battement de ses longs cils. Il faut le reconnaître, elle est très belle.

– Comment osez-vous vous moquer de mon mari une semaine après ce qu'il a fait pour Zaman ?

– Tu as tout à fait raison, ma chérie, lui répond maman d'une voix chaleureuse. Khalil a fait preuve d'un grand courage et je retire ma blague qui n'était pas sérieuse. Mais vous le saviez, Khalil, n'est-ce pas ?

Khalil acquiesce, soulagé que l'on passe à autre chose. Parissima se satisfait du statu quo et l'incident est oublié. C'est vrai que Khalil a été courageux, mais à mon avis il ne mérite pas non plus qu'on l'érige en héros. Mon très cher frère Zaman a dix-sept ans et vient d'avoir son bac. Il est désormais éligible au service militaire imposé par les Russes. Cela fait déjà plusieurs mois que « le Lézard » – c'est le surnom affectueux que lui avait donné papa parce que Zaman avait une capacité étonnante à se faufiler dans les moindres recoins – se cache de maison en maison pour échapper à la conscription en espérant pouvoir passer au Pakistan. Or, la semaine dernière, les policiers ont frappé à la porte de Khalil, alors que Zaman était leur invité. Khalil a envoyé ses enfants au lit et Zaman a eu le bon réflexe de se cacher sous leur couette. Les policiers n'y ont vu que du feu. Il existe quand même un bémol à la témérité de mon beau-frère : une fois les flics partis, il a renvoyé Zaman chez nous, où une autre patrouille l'attendait pour le cueillir. Mais personne ne le fait remarquer parce que l'histoire a connu une issue miraculeuse : quelques heures après son arrestation, un policier a frappé à notre porte pour nous ramener notre frère. Nous n'en revenions pas et soupçonnions même un piège. Mais l'homme en uniforme nous a expliqué qu'il relâchait Zaman en mémoire de notre père.

– Souvent, quand j'avais faim, j'ai mangé sur cette nappe, nous a-t-il raconté en désignant le salon.

Papa ! Sikandar Hachemi, avec son habitude de tenir « nappe ouverte » pour les enfants défavorisés, avait sauvé son fils. Mon père était un géant qui pouvait étendre son bras même depuis le pays des morts.

Cette histoire m'a encore rapprochée de mon père et rendue heureuse pour Zaman. C'est le plus gentil de mes frères et il n'a pas eu une enfance facile. Notre aîné, Zaher, avait fait de lui son souffre-douleur, et les brimades n'avaient pris fin que lorsque ce dernier était parti en France rejoindre sa fiancée parisienne. Sylvette était une jeune professeur d'histoire passionnée par notre pays. Elle était vite tombée folle amoureuse de notre frère qui lui avait servi de guide. Zaher, qui parlait couramment la langue de Molière pour avoir fait ses études au Lycée français de Kaboul, accompagnait régulièrement des groupes de touristes (à cette époque, on pouvait encore parcourir presque tout le territoire). Leur idylle avait tout d'un coup de foudre et Sylvette était même venue résider une semaine chez nous en tant qu'invitée. Nous avions beaucoup aimé cette femme lors de son séjour parmi nous, mais gardions un souvenir affreux de sa cuisine. Pour nous faire plaisir, elle avait essayé de nous initier à la gastronomie française et, afin de ne pas lui faire de peine, nous avions fait semblant d'apprécier ses mousses au chocolat et, pire, sa purée de pommes de terre (que ma sœur Sohaila avait dès le lendemain afghanisée en la faisant frire en boulettes). Dès que Sylvette était rentrée à Paris, elle n'avait eu de cesse de faire venir Zaher. Son départ, un an plus tard, avait été un soulagement : Zaher malmenait ses sœurs plus encore que ses jeunes frères.

Malheureusement, la distance n'efface pas les mauvais sortilèges, et mon cœur se serre en voyant mon jeune frère Daoud revenir à table après avoir raccroché le téléphone. Daoud est un gentil garçon, mais depuis que Zaman est parti à son tour, il a le défaut d'être le dernier Hachemi mâle de notre foyer – tous les autres sont déjà en France. Il sort à peine de l'adolescence et il est trop jeune pour le rôle de passeur d'ordre que lui imposent ses aînés, Zaher et Mohammed Shah.

Quand il se plante, rigide et sévère devant Chakila, nous savons déjà de quoi il va nous entretenir. Cette fois, le repas est bel et bien gâché.

— Je viens de parler avec Zaher, il dit que tu apportes la honte sur notre famille, Chakila. Le déshonneur, tu m'entends ?

Nous sommes glacés, Chakila pleure. En Afghanistan, il ne faut jamais prendre à la légère le mot « déshonneur », même dans une famille d'intellectuels de Kaboul. Je suis trop jeune pour le formuler ainsi, mais la lèpre qui ronge notre pays n'a rien à voir avec la religion ; il existe un mal insidieux plus pervers que l'occupation des Russes, qui détruit nos familles : la peur du qu'en-dira-t-on. Le motif de ce « déshonneur » devrait pourtant être une source de joie : Chakila – ce grand garçon manqué d'un mètre quatre-vingts qui était toujours la première à escalader les toits pour récupérer les cerfs-volants de Zaman et de Daoud – va se marier. Comble de l'impertinence, elle va épouser un homme qu'elle s'est choisi, un collègue de travail nommé Syar. Voilà qui est inadmissible aux yeux de mes frères aînés ! Si elle épouse un homme rencontré au bureau, c'est forcément la conséquence d'une longue promiscuité infamante. Et, pire, cet homme est hémophile, il a un sang « impur ».

Mes aînés brandissent la menace du déshonneur et insistent pour qu'on exécute leur volonté. Non, la distance n'abolit pas les maléfices, mais elle met au moins à l'abri de la violence physique. Une autre de mes sœurs, Suraya, s'est jetée du deuxième étage pour échapper au sens de l'honneur de Zaher. Tout cela parce qu'un soir, en rentrant de l'école, elle avait mentionné à notre sœur Lailoma que sur la route du lycée, elle avait croisé un lointain cousin qui lui avait dit bonjour et demandé de transmettre ses salutations respectueuses à notre famille. Elle en avait parlé sans malice, heureuse sans doute que, pour une fois, elle puisse raconter une anecdote qui ne tourne pas autour de ses violentes crises d'asthme, peut-être aussi contente qu'un garçon lui adresse la parole, tant elle s'entendait répéter par Parissima que sa maladie constituerait un très lourd handicap pour se trouver un mari. Après avoir vu, comme moi, notre mère obligée de dormir assise pour respirer convenablement dans son sommeil, l'asthme était devenu une obsession écrasante pour elle. Le lendemain de ce bavardage anodin, Zaher avait déboulé en hurlant sur Suraya : il avait appris qu'elle « avait des choses à se reprocher », il irait tout rapporter à notre père qui « saurait comment la punir »… La pauvre Suraya en avait éprouvé une telle panique qu'elle s'était jetée du toit, et avait échappé au pire en ne se cassant qu'une jambe et deux côtes.

Chakila trouvera un moyen d'évasion moins tragique : il suffira de convaincre Daoud que son ambassade est illégitime, qu'il n'a nul besoin de se faire le bras de ce courroux. Maman se tait, mais elle agira plus tard en sa faveur. Papa, protège-nous. Depuis que tu n'es plus là, je ne suis pas sûre d'aimer les hommes de mon pays.

4

Février 1986, passe de Khaibar

Sikandar – Alexandre en français – est un prénom d'origine grecque qui signifie « celui qui protège ». Trois siècles avant Jésus-Christ, Sikandar le Grand avait fait traverser la passe de Khaibar à son armée pour la mener jusqu'en Inde. Sikandar, mon père, connaissait ce défilé, mais il n'avait jamais eu à franchir les cols qui m'écorchent les pieds et m'empoussièrent les poumons depuis trois jours. C'est ma sœur Suraya qui m'a raconté l'épopée du Grec. Adolescente, elle avait l'habitude de réunir Zaman, Daoud, Chakila et Sohaila autour du *sandali*[1] pour leur raconter des histoires inspirées des grands romans dont elle était si friande : *Croc-Blanc*, *Autant en emporte le vent*, *La Petite Marchande d'allumettes*, *Le Comte de Monte-Cristo*...

Je prends conscience dans les montagnes arides que cette époque est révolue. Je ne vivrai plus jamais dans notre belle maison à deux étages dans Shar-e Naw, le quartier chic de Kaboul. Je ne sentirai plus l'odeur des grands poêles, les *bokhari*, dans lesquels nous faisions brûler du bois tout au long des hivers rigoureux. Je

1. Mode de chauffage traditionnel afghan.

n'y jetterai plus des pelures de mandarine pour embaumer la pièce où Chakila et moi nous blottissions après une journée d'école, si près du poêle qu'il nous arrivait d'y brûler nos jupes, les pieds bien cachés pour parer aux chatouilles de Zaman et de Daoud. Je n'y tremblerai plus d'effroi parce qu'une cousine pauvre, de passage sous notre toit, nous raconte des histoires sur les sorcières et les ruses de Shaïtan[1]. Je n'aurai plus peur que Daoud me menace d'aller tuer ma maîtresse adorée quand maman laisse sur le *sandali* une assiette de riz à mon intention, parce que je n'ai pas assez dîné selon elle, parce que je suis sa chouchoute, selon Daoud, qui a raison de se plaindre que je ne fais rien dans la maison sous prétexte que ma mère a décidé que j'avais toujours mal quelque part. Je n'irai plus avec Sohaila au hammam que j'aime plus que tout, même si j'ai toujours un peu peur que le toit arrondi ne s'effondre ; je ne promettrai plus à maman qu'en rentrant, je me relaverai, parce qu'elle trouve que « c'est vraiment trop sale de partager son eau avec toutes les femmes de Khair Khana » (le quartier périphérique où habitent ma sœur et son mari) ; je n'y verrai plus les commères épier leurs voisines pour savoir laquelle a la peau la plus blanche à force de se frotter au gant de crin et à la pierre ponce ; je ne rigolerai plus des cris indignés d'une matrone, apostrophant sa voisine qui a emmené son fils alors qu'il a clairement l'âge d'aller du côté des hommes. Je ne me régalerai plus en dévorant du *alim*[2] en sortant du hammam.

---

1. Le diable.
2. Sorte de porridge fait à base de farine, d'eau et de viande malaxés, puis cuit pendant des heures et qu'on mange saupoudré de sucre avec du pain.

Tout cela est fini, je le sais. Ce qui va advenir, je suis trop épuisé pour y songer.

Le passeur nous fait marcher de nuit. Lui qui ne m'a pas adressé trois mots depuis le premier jour me répète de cacher mes mains sous le tchador et de garder la bouche close. La blancheur de nos ongles et de nos dents peut révéler notre présence aux hélicoptères qui patrouillent au-dessus des crêtes. Il me répète cet avertissement après que des bombes sont tombées à une centaine de mètres de nous, il me le répète alors que nous débouchons sur un campement transformé en charnier : bêtes et humains gisant, calcinés, au sol.

— Tu vois, c'est ce qui arrive quand on ne cache pas ses mains.

Je me dis que c'est plutôt ce qui arrive quand on fait la guerre et qu'il y a quelque chose de foncièrement étrange à incriminer les mains plutôt que les bombes. Je suis saisie par la simplicité abrupte de toutes ces notions qui n'avaient jamais pénétré le monde de mon enfance, alors qu'elles me cernaient quotidiennement ; des mots effrayants et complexes comme « conflit », « occupation », « Union soviétique », « moudjahidines », « bombardements », « représailles »… Tous ces termes que la politique et l'Histoire semblaient réserver aux adultes peuvent se résumer à ce cadavre d'enfant que j'enjambe en m'étonnant que l'horreur n'ait pas le pouvoir de suspendre, ne serait-ce qu'un instant, le tourment de la soif.

— Mais c'est une famille, pas des moudjahidines. Ils n'ont rien fait !

Les trois adultes rigolent. Il y a des corps brûlés par

terre et eux se moquent de moi parce que je trouve ça injuste !

Nous continuons à marcher en suivant le sentier qui dessine un large coude à flanc de montagne. Je sais que nous n'arriverons pas ce soir, et je préfère ne pas espérer que nous arriverons demain. Depuis trois jours, chaque fois que je demande, à bout de souffle en haut d'un col, si c'est encore loin, le passeur me répond que c'est derrière le col suivant.

Nous voyageons sans gourde et l'obsession constante est de trouver des points d'eau. Quand cela arrive, je plonge mes mains en coupe dans le ruisseau, j'attends que les bestioles glissent entre mes doigts et je lape dans mes paumes les précieuses gouttes. Parfois, d'autres marcheurs se joignent à nous, pour quelques heures ou une demi-journée. Ma seule source de distraction est la contemplation des arbustes. À Kaboul, mes copines m'ont toujours raconté que les chewing-gums poussaient dans les arbustes des montagnes. Plus exactement, que c'était en mâchant les herbes de ces arbustes qu'on faisait les chewing-gums, ce que je trouvais aussi fascinant que dégoûtant. Si c'est vrai, je devrais en arracher quelques brindilles et les mâchouiller pour faire des bulles qui m'aideraient à oublier mes pieds en sang. Je dois déjà avoir grandi puisque je préfère rêvasser plutôt que de tenter l'expérience.

Le soir, nous partageons le bivouac de nomades qui nous abritent sous leurs tentes et leurs couvertures raidies par la crasse. La puanteur me serre la gorge et ajoute l'amertume à la fatigue. Ma peur des nomades se transforme en pitié. À Kaboul, il nous arrivait d'aller leur acheter du lait frais quand ils s'installaient pour leur camp d'été en périphérie de la ville.

Notre jeu consistait à trouver le courage de nous introduire dans une de leurs tentes pour voir comment ils vivaient. C'était un vrai défi, les grands nous avaient si souvent répété qu'ils étaient abominablement sales... Dans cette montagne hostile et aride, leurs bivouacs sont nos seuls moments de repos, et leur hospitalité, mon unique source de consolation. Je compatis à la dureté de leur existence, ces femmes et ces filles « noires » qui passent tant de temps à souffler sur des braises pour faire chauffer de l'eau m'émeuvent par leur absolu dénuement. La menace du passeur de m'abandonner parmi eux si je ne tiens pas le rythme prend un nouveau sens : je sais à présent qu'ils ne me feront pas de mal, mais la perspective de passer le reste de ma vie à faire du feu dans le froid, à côté d'une chèvre qui me lèche les tongs, est tout aussi terrifiante.

Ce soir, le passeur nous a prévenues : il n'y aura pas de bivouac, pas de chèvre, pas de couverture, pas d'eau chaude pour nettoyer mes pieds ensanglantés. Juste mon tchador troué pour me protéger du sol caillouteux et du froid glacial. Nous progressons deux heures de plus dans l'obscurité. J'aimerais que Suraya me raconte une histoire, je n'étais pas née quand elle officiait comme conteuse de la famille. Ce sont mes frères et sœurs aînés qui m'ont fait l'éloge de son talent. Elle doit tenir ça de maman, qui connaît par cœur des centaines de poèmes de Hafez[1] ou de Rûmi[2]. Maman

---

1. Chamsoddin Mohammed Hafez (1325-1390) : grand poète lyrique persan.
2. Mawlânâ Djalâl ad-Dîn Rûmi (1207-1273) : poète et philosophe de langue persane.

a une belle voix. À Kaboul, elle chante toute la journée. Je fredonne dans le noir :

« *Ma jeunesse ressemblait au printemps, elle est passée.*
Comme un emprunt, elle est passée.
Il existait un amour si fort entre toi et moi,
Un amour qui, comme le printemps, est passé. »

5

Kaboul, un an auparavant

Dans le taxi, maman nous gratifie de son habituelle rengaine. Je ne l'écoute pas vraiment. Je sais que chaque occasion mondaine ravive ses griefs envers notre père :

– Maire de Kandahar, maire d'Hérat, plusieurs fois gouverneur... Et tout ça pour quoi ? Pour que je me rende au mariage de ma propre fille en taxi ! J'aurais dû accepter que mon frère nous prête une voiture.

– Hakim est un homme corrompu qui a fait fortune en volant l'argent des pauvres, commente calmement Daoud. Nous n'avons pas besoin de sa Mercedes.

– Tu es comme ton père avec tes grands discours : incapable de faire la différence entre la corruption et le sens des affaires. Il y a autant d'orgueil à aimer les pauvres qu'à aimer les belles choses.

– Peut-être, mais les belles choses n'ont pas besoin de manger.

Je n'avais pas apprécié que Daoud se soit d'abord opposé à ce mariage mais je suis fière qu'il tienne tête à maman sur ce sujet. Il est devenu un bel adolescent, fêtard et entouré. Seul parmi nous à étudier au Lycée allemand, il va passer son bac. Bientôt, l'armée russe viendra le chercher pour l'enrôler et il devra se cacher, comme mon frère Zaman, avant de fuir le pays. Nous sommes en 1985, les troupes soviétiques tiennent le pays depuis six ans et occupent toutes les grandes villes. En France, mes frères Zaher, Mohammed Shah, Zarin, Saber et Zaman sont très actifs pour venir en aide aux résistants afghans et sensibiliser l'opinion. Ils se sont rangés sous la bannière du parti modéré, le Jamaat-e-Islami, de Rabbani et Massoud[1].

Un groom nous ouvre la portière. Nous entrons dans le palace et gagnons la salle où se tient la réception. Il y a là plusieurs centaines d'invités très élégants, les hommes dans leurs costumes occidentaux stricts, les femmes dans des robes dessinées pour l'occasion par leurs couturières. Le buffet est grandiose et délicieux. L'orchestre joue des airs de pop afghane et des musiques indiennes de Bollywood tandis que les convives dansent et festoient. C'est la famille du marié qui reçoit, comme le veut la coutume. Le père de Syar est décédé, mais c'était un homme important, ancien ministre à l'époque de Mohammad Zaher Shah[2]. Tous ses enfants ont réussi : les filles, qui dansent langoureusement dans leurs minijupes, ont fait de longues études et sont aujourd'hui professeurs ou fonctionnaires dans un ministère. Syar lui-même assume de hautes responsabilités au ministère des Statistiques. Il ferait un beau parti, s'il n'était hémophile.

Je monte dans une chambre à l'étage pour rejoindre Chakila. C'est là que le *neka*, l'échange des vœux, a

1. Les trois autres mouvements de la résistance antisoviétique sont le Hezb-e-Islami de Hekmatyar, le Ittehad de Sayyaf et le Harakat de Mohammadi. À Kaboul, les Russes ont installé leur allié communiste, Babrak Karmal, comme président.
2. Mohammad Zaher Shah (1914-2007) : dernier roi d'Afghanistan.

eu lieu en présence du mollah. Quand j'arrive, elle a déjà ôté sa robe verte pour passer la blanche. Elle est belle, mais grotesquement maquillée. Et elle affiche l'air sinistre de circonstance[1]. Je me souviens de l'avoir entendue répondre à Daoud qui lui demandait pourquoi elle épousait un malade : « Si je ne le fais pas, qui va le faire ? » Pourtant, elle a choisi son époux et bravé la colère de ses frères. Je suis sans doute trop petite pour comprendre.

Syar vient la chercher. En bas, l'orchestre entame le Ahista Boro, la marche nuptiale.

> « *Fais du matin une clé et jette-la dans un puits,*
> *Va doucement ma jolie lune, va doucement.*
> *Fais que le soleil oublie de se lever à l'est,*
> *Va doucement, ma jolie lune, va doucement.* »

Je les suis dans les escaliers et je pleure en songeant que, ma sœur mariée, je ne retournerai pas voir un film de Bollywood avant longtemps. Et puis, je n'aime pas que Chakila soit tellement plus grande que son mari.

Syar et Chakila font leur entrée dans la grande salle de réception et montent sur une petite estrade, à l'opposé de la scène où se tient l'orchestre. Les sœurs du marié les rejoignent, ainsi qu'un oncle de Syar et mon oncle Hakim. Ces derniers sont chargés de mettre du henné dans la main des époux qu'ils protégeront avec un tissu doré. J'ai un pincement au cœur : ce devrait être le rôle de mon père. Les oncles leur offrent une boisson sucrée, un gâteau qu'ils doivent couper et

---

1. Il n'est pas convenable pour une Afghane de donner l'impression de se réjouir de son mariage. Son air grave est une preuve pour les invités du « sérieux » de son union et de la respectabilité des familles.

goûter, et un grand voile que l'on place sur eux pour le rite d'Ayena Masshaf : une fois cachés de l'assistance, on leur glisse un miroir qui ne doit jamais avoir reflété d'autre visage que celui de son créateur. Sous l'étoffe, les promis sont supposés se découvrir pour la première fois. Puis, ils prennent place sur un canapé et le ballet peut débuter : pendant deux heures, les invités vont se succéder pour les féliciter.

Je cherche des yeux ma mère et la trouve attablée à côté de son frère Hakim, suspendue à ses lèvres tandis qu'il régale ses voisins de quelque anecdote illustrant sa puissance et sa richesse. Cet homme a tout du méchant des films de Bollywood. Je sais qu'il était ami avec mon père à la fac, que c'est lui qui s'est arrangé pour lui faire rencontrer maman. À l'époque, mon père était déjà deux fois veuf. Sa première femme, originaire de Kandahar, avait succombé rapidement à une maladie. La deuxième, une lointaine cousine de Bamiyan qu'il avait ramenée dans sa maison de Paghman, était morte en couche après lui avoir donné deux enfants, Qalandar et Waliat. Hakim, lui, était alors très pauvre – mon grand-père maternel était un grand commerçant qui avait connu un revers de fortune avant de mourir – et il devait subvenir aux besoins de sa mère et de sa sœur cadette. Sa maison était délabrée ; sa seule richesse était Mariam, ma mère, qui avait quatorze ans. Après le mariage, papa lui avait prêté un peu d'argent et mon oncle avait développé un véritable talent pour s'enrichir – mais sur le dos des plus démunis, prétendait mon père, qui s'était progressivement éloigné de lui. Il lui devait tout de même d'avoir rencontré ma mère avec qui il avait eu douze enfants, six garçons et six filles. Parissima était l'aînée de cette tribu, j'en étais le dernier membre (accidentelle si l'on en croit l'arithmétique, tous les frères et sœurs s'étant succédé quasiment annuellement, alors qu'entre Daoud, le onzième, et moi, il y avait six ans de différence). Maman dit toujours, que dans son dressing, il y a plus de robes de femme enceinte que de robes de soirée. J'adore ce dressing, je peux y jouer des heures à essayer toutes les chaussures et les bottines de ma mère, à enfiler ses robes à manches courtes à paillettes. Son mari l'a toujours laissée s'habiller à l'européenne quand elle reçoit à Kaboul. À la campagne, elle doit adopter une tenue plus conventionnelle.

Il y a à la maison une photo de papa, prise dans cette même salle de réception pour le mariage de Parissima. On le voit assis non loin de là où se pavane aujourd'hui Hakim. Papa n'a plus beaucoup de cheveux, mais il est très beau. Il fait une mine d'enterrement. Cette photo a dix ans. La raison de son mécontentement est la folie qui s'était alors emparée de ma mère. Mariam voulait un mariage grandiose pour sa fille aînée. Et puisque la famille de Khalil, le promis, n'en avait pas les moyens, elle n'avait pas hésité à passer outre la coutume et à financer elle-même une fête de fiançailles à la hauteur de ses ambitions. Elle avait aussi sacrifié les économies familiales et ses propres bijoux pour que tout le monde soit impressionné par la dot de sa fille. Mon père désapprouvait ce comportement, mais son épouse y avait mis un point d'honneur. Il avait bien essayé de la convaincre que des études supérieures assureraient à leur fille un meilleur avenir qu'un mariage ostentatoire, mais Parissima elle-même, plus inspirée par la perspective du faste que par celle du labeur, avait fait pencher la balance du côté de sa mère. Amer, papa avait capitulé. Durant toute la fête, il n'avait cessé de répéter que des centaines de paysans de Paghman auraient pu être nourries pendant un an avec le seul budget du buffet, et que les autres dépenses cumulées auraient permis l'édification d'une école dans un village de sa province.

Alors que la fête touche à sa fin, j'éclate de nouveau en sanglots à l'idée que Chakila ne dormira pas chez nous ce soir.

Le lendemain, peu après le réveil, la maison est en effet plus silencieuse qu'à l'ordinaire. Jusqu'à ce que débarquent les nouvelles belles-sœurs de Chakila. Elles viennent apporter à ma mère une boîte de Quality Street. Je ne connais pas cette coutume-là, mais je suis ravie parce que j'adore ces bonbons anglais. Pendant que tout le monde prend le thé au salon, j'en profite pour me glisser dans la cuisine et ouvrir l'objet de ma convoitise... que je referme aussitôt, écœurée d'y avoir trouvé en guise de friandise un tissu taché de sang[1].

---

1. La présentation des draps tachés de sang, gage de la virginité de la mariée, est une coutume en Afghanistan qui se pratique dans les campagnes comme dans la bourgeoisie de Kaboul. C'est une grande pression, pour la jeune mariée bien sûr, mais aussi pour le jeune marié puisqu'il faut présenter le tissu dès le petit matin à la famille de l'époux – qui attend derrière la porte de la chambre nuptiale pour récupérer la preuve et la porter à la famille de l'épouse.

6

Février 1986, passe de Khaibar

Nous avons dormi à la belle étoile. Quand je me réveille, le soleil est déjà haut dans le ciel. Le passeur s'approche de moi et me tend un gros morceau de pain frais.
– Tiens, je l'ai acheté pour toi.
Je remercie, interloquée, et dévore à pleines dents. Les femmes rient de ma voracité, mais leur ton est moins railleur qu'avant.
– Montre-moi tes pieds. Ça va, juste des ampoules. Mets cette crème dessus. Demain, je te louerai un âne. Tu te reposeras.
Le passeur se tourne vers les deux autres :
– Elle a été courageuse, la petite. Je ne m'attendais pas à ça de sa part.
Je voudrais garder intacte ma colère contre lui, mais cette soudaine gentillesse me touche. Ce doit donc être vrai : nous arriverons demain. Hier, quand il nous a annoncé qu'il ne nous restait que quarante-huit heures de route, je ne l'ai pas cru. Pendant huit jours, j'ai eu le temps de m'habituer à l'idée que l'ascension d'un col n'offrait en récompense qu'un nouveau col à gravir, au sommet encore plus escarpé ; mais cette fois, je m'autorise à espérer.

Les trois adultes paraissent plus détendus. Nous n'avons entendu aucun hélicoptère cette nuit. Je me mets en marche en pensant que maman m'attend à Peshawar. Le Pakistan, la liberté. C'est une chose étrange que de quitter son pays quand on est trop jeune pour comprendre ce que l'on fuit. Je sais que les Russes sont l'occupant ; mais à l'école, les valeurs que les professeurs communistes m'enseignent ressemblent beaucoup à celles de mon père. Il n'est pas si simple de s'y retrouver, j'ai entendu tellement d'histoires à la maison sur les combats que menait papa pour plus de justice sociale sous le règne de Mohammad Zaher Shah. Il était fier d'être fils de paysan et avait dû se battre pour étudier. En tant qu'aîné, on comptait sur lui pour labourer les champs plutôt que pour décrocher un diplôme. Tous les matins, il faisait deux heures de marche pour se rendre dans une école décente ; l'après-midi, il travaillait la terre, s'occupait du bétail et, le soir venu, il révisait à la lueur d'une bougie en cachette de son père qui considérait la cire comme trop précieuse pour éclairer des livres. Après le lycée, il était entré à la fac puis, rapidement, au ministère des Travaux publics, devenant un modèle de réussite pour son village de Paghman et gagnant tardivement l'admiration paternelle. Dès ses premiers pas dans l'administration, il n'avait eu de cesse de lutter en faveur des plus pauvres, mais aussi pour l'éducation des femmes. Il n'avait jamais trahi ses idéaux, si bien que les cercles du pouvoir s'étaient méfiés de lui et qu'on ne lui avait pas proposé un poste de ministre, une conclusion pourtant logique de son parcours et de sa renommée. Si l'entourage du roi considérait cet attachement au peuple avec suspicion, le peuple, lui, rendait au centuple à Sikandar Shah le prix de ses efforts et de sa peine. Rarement gouverneur[1] fut plus aimé de ses administrés, et nous aurions vraiment grandi à l'ombre d'un héros si ma mère n'avait cessé de nous rappeler la « bizarrerie » de son époux et le vif embarras dans lequel ses étranges manifestations la plongeaient souvent. Ce n'était pas l'idéologie de son mari qui la dérangeait, mais l'inflexibilité qu'il mettait à lui être fidèle en toute chose.

Il est vrai que notre père était un homme de principes, sévère et terriblement têtu. Un jour où maman avait organisé un grand déjeuner, recevant sa famille et ses amis, elle avait été obligée d'inviter ses hôtes à commencer le repas sans attendre le maître de maison, qui tardait. Elle aurait accepté de sa part n'importe quelle excuse professionnelle, elle fut humiliée de découvrir que Sikandar était dans nos murs et qu'il avait préféré déjeuner avec les ouvriers qui construisaient une extension de notre maison. Il estimait que sa place était là, dans le jardin, la veste posée sur un sac de gravats, et s'était même permis de faire remarquer à maman que la *chorba*[2] servie aux travailleurs laissait à désirer. Qu'avait-il cherché à lui prouver ? Je l'ignore, mais je conçois que ce genre de provocation ait pu avoir un goût amer pour maman. D'autant qu'elle contribuait activement à la générosité de son époux : chaque fois qu'était venue pour l'un d'entre nous l'heure d'entrer à l'école primaire, Sikandar allait chercher un orphelin dans un village d'une autre province et l'installait chez nous le temps de sa scolarité. Si cela faisait enrager maman, elle ne s'occupait

---

1. Ma mère l'appelait « gouverneur » mais son titre exact était « administrateur général ».
2. Soupe de viande et de légumes.

pas moins de cette flopée d'enfants qui grandissaient sous son toit[1].

Ayant grandi nourrie de ses principes, je faisais une bonne cible pour la doxa communiste. Cependant, il y avait une chose que même une enfant identifiait clairement comme la marque d'un oppresseur : le service militaire obligatoire, auquel tous nos frères tentaient d'échapper, au péril de leur vie et au prix de l'exil. Les Russes envoyaient sans vergogne les adolescents faire la guerre à la résistance. Toute la propagande soviétique – les chants appris à l'école comparant les moudjahidines à de grands Satans, les cours haineux contre l'impérialisme américain, les promesses d'une internationale fraternelle – ne pouvait nous faire oublier que des étrangers armaient de jeunes Afghans pour tirer sur d'autres Afghans. Cela ne pouvait, en aucun cas, être conciliable avec ce que je savais des idées de mon père.

Du haut de mes onze ans, cette traversée de la passe de Khaibar m'ouvre les yeux sur le sort de notre pays. À Kaboul, nous subissions l'occupation. Dans ces montagnes, je découvre la guerre. L'horreur d'une famille massacrée, des cadavres jalonnant les sentiers, des maisons en cendres. Demain, le Pakistan, bientôt la France. Je pense à ma mère et je prie pour que Sikandar Shah nous protège, maman, moi et l'Afghanistan. C'est beaucoup lui demander, mais papa est si fort.

---

1. Les destinées de ces « frères » furent, à l'image de notre pays, désordonnées : l'un devint un sympathisant communiste de Bamiyan, un autre un taliban de Khost, un autre encore un moudjahidine de Tagab...

7

Kaboul, six mois plus tôt

Dans mon école, on connaît bien les filles de ma famille. Le Lycée français de Kaboul nous a toutes comptées sur ses bancs. Parissima y avait d'ailleurs gagné une certaine célébrité en raison des visites fréquentes de ma mère à son institutrice et de la quantité de cadeaux qu'elle faisait à cette dernière dans l'espoir de compenser les résultats calamiteux de ma sœur. Du tissu, des parfums, rien n'était trop beau pour que l'enfant chérie passe en classe supérieure. Maman, à l'époque, pouvait se consoler grâce aux excellents résultats de Suraya, mais Parissima, en plus d'être une très mauvaise élève, se montrait d'une jalousie si exacerbée envers sa cadette que celle-ci, déjà malade et chétive, devait cacher ses bulletins pour ne pas avoir à subir de représailles. Parissima se plaignait d'ailleurs ouvertement de concurrence déloyale, arguant du fait qu'elle devait tout faire à la maison tandis que sa petite sœur se la coulait douce à réviser ses leçons. C'était, bien sûr, un mensonge à la hauteur de sa paresse, mais tout le monde redoutait ses colères et ses caprices.

L'histoire se répète puisque la fille de Parissima, Faradiba, qui a trois ans de moins que moi, a repris le flambeau en alignant les bulletins catastrophiques que ma sœur, à son tour, essaie de racheter par sa prodigalité. J'ai honte de dire que Faradiba est ma nièce. Mais le pire, c'est que mon neveu, Nadjib, est en sixième, comme moi (l'école est mixte jusqu'au secondaire). Lui aussi s'efforce de prouver que l'échec scolaire est une tare congénitale. Alors, comme Suraya, je cache souvent mon carnet pour ne pas entendre Parissima reprocher à ma mère de trop me gâter, mon succès humiliant le pauvre Nadjib et constituant un frein à son épanouissement.

Avoir de bons résultats, pour moi, c'est une façon de satisfaire les vœux de mon père. Le lycée de jeunes filles Malalaï est censé former l'élite des Kaboulies. Tous les matins, la directrice nous fait mettre en rang pour inspecter nos uniformes : blouse noire aux poignets blancs et foulard blanc, la plupart du temps jeté nonchalamment sur l'épaule. Je suis aussi appliquée en cours que déchaînée dans les jeux de la récréation, acquérant rapidement une réputation de garçon manqué et d'excellente grimpeuse d'arbre. Tous les après-midi, je rapporte de l'école un foulard gris de poussière et une nouvelle panoplie d'écorchures aux genoux.

L'équivalent de Malalaï pour les garçons, le lycée Esteqlal, avait été inauguré en mai 1968 par Georges Pompidou en personne. Mon père rêvait pour ses enfants d'études supérieures en France, le pays de la république, des lumières et de l'humanisme. Lui-même n'y avait jamais mis les pieds, mais il insistait pour que nous en parlions la langue. Évidemment, les Soviétiques avaient remplacé, dès leur arrivée, l'enseignement du français par celui du russe. Nos enseignantes étaient des jeunes femmes triées sur le volet, choisies parmi l'élite de Kaboul, formées à l'Est et membres du parti. Elles croyaient dur comme fer aux vertus du communisme, et notamment à ce que Marx avait à apporter à la condition féminine.

J'étais très aimée de cet escadron communiste en jupons. À l'âge de dix ans, ma photo avait été publiée dans un magazine pour enfant intitulé *Kamkyano Anis*[1], à la rubrique « jeune fille modèle ». Bonne élève, très participative, je chantais avec cœur les refrains révolutionnaires et j'accumulais les points pour bonne conduite.

Un jour, je suis convoquée dans le bureau de la directrice. Mon professeur m'y attend. Elle a mon dernier bulletin en main, m'accueille avec un immense sourire et ne tarit pas d'éloges à mon sujet. La directrice, d'un air grave et solennel, m'annonce que j'ai été reçue à un concours. On ne m'explique pas sur quelles bases, mais le prix est prestigieux : chaque après-midi, j'aurai le droit de revenir à l'école pour des cours supplémentaires de russe et de civisme. Et si je me donne beaucoup de mal, si j'ai un peu de chance, alors, j'aurai le privilège d'aller terminer ma scolarité... à Moscou ! Il faut voir leurs mines exaltées quand elles m'annoncent la nouvelle, j'ai vraiment l'impression d'avoir gagné un Oscar. Je remercie, je fais des bonds, je cours à la maison, trouve ma mère et ma sœur Sohaila dans le jardin en train de préparer des *bolani*[2] sur le feu. Elles s'interrompent, interloquées par mon excitation.

– Je suis première de ma classe et... et...

Maman m'incite à poursuivre de son beau sourire.

1. L'ami des enfants.
2. Crêpes aux poireaux.

- Et je pars à Moscou !

Ma mère et ma sœur pâlissent. Un silence de mort accueille ma déclaration, puis ma mère soupire et dit à Sohaila :

- Je crois qu'est venu notre tour de partir.

8

Février 1986, passe de Khaibar

Les bonnes intentions peuvent faire très mal aux fesses. Je le découvre, juchée sur ce baudet osseux qui n'a pas l'air plus habile que moi et dont chaque trébuchement me fait gémir de douleur. Je serre les cuisses et souffre en silence. Le passeur a tenu parole, je n'ai pas besoin de marcher aujourd'hui, mais c'est un cauchemar. L'âne manque de verser cent fois dans les passages les plus étroits, et je suis morte de peur. C'est pourtant aujourd'hui que nous devons arriver, après dix journées d'enfer. Aucune frontière n'est là pour marquer notre victoire, mais je sais que nous sommes au Pakistan[1].

Au milieu de la journée, nous atteignons Peshawar. Cela ressemble moins à une ville qu'à un immense camp de réfugiés. Les tentes s'étendent à l'infini, une foule incroyable s'ébat dans un nuage de poussière que

---

1. C'est bien sûr pour éviter les frontières que nous passons de col en col. Les témoignages d'autres réfugiés m'apprendront plus tard que l'on a souvent recours aux ânes parce que leur pas est plus sûr que ceux des hommes sur ces sentiers étroits. Les derniers chemins qui mènent au Pakistan sont les plus dangereux. Les chutes y sont mortelles et fréquentes.

le soleil peine à traverser. Nous avançons au milieu de ce capharnaüm et, bientôt, une jeep vient à notre rencontre. Nous y montons et, au bout de deux heures de route, nous arrivons en ville. La voiture s'arrête devant la maison d'une famille afghane que connaît le passeur. Je descends, inquiète, et pénètre dans le jardin. On m'accueille et m'apprend que ma mère est à l'hôpital. Nous trouvons un taxi qui nous y conduit, une jeune fille de la famille m'accompagne.

L'hôpital, qui dépend d'un organisme international, recueille principalement des réfugiées afghanes et quelques Pakistanaises indigentes. Les installations sont sommaires et les médecins manquent de tout pour soigner les milliers de femmes blessées que recrache la frontière, et toutes celles dont la santé se dégrade dans les camps improvisés et surpeuplés qui entourent la ville. Je suis désespérée et perdue au milieu de tous ces corps en détresse. Sur les lits, à même le sol du jardin, on hurle sa douleur ou l'on pleure en silence. La jeune fille me fait signe et me guide jusqu'à un lit rouillé parmi d'autres lits rouillés dans une chambre insalubre. Au bout d'une perfusion, une femme à la mine violette peine à retrouver son souffle.

– *Dokhtarakem*[1] *!*
– *Madarakem*[2] *!*

Je me jette dans les bras de maman. Elle caresse mes cheveux sales et remercie Allah qui l'a écoutée prier jour et nuit. Elle tousse, m'embrasse, tousse, m'explique qu'elle croyait m'avoir perdue à jamais. Je laisse couler toutes ces larmes que je m'étais inter-

1. « Ma petite fille chérie ! »
2. « Ma petite maman chérie ! »

dit de verser devant le passeur. La jeune fille qui m'accompagne s'effondre en pleurs devant cette scène et récite le Coran. Maman est vivante, je suis vivante, nous sommes libres, je préférais notre maison, je préférais Kaboul.

9

Je ne veux pas quitter le chevet de maman, mais la fille me ramène de force, répondant aux supplications de ma mère qui veut que je me débarrasse de toute cette crasse et mange quelque chose de chaud. De retour, je refuse que la jeune fille me lave. Elle me donne un seau d'eau chaude et je me débrouille toute seule. La mélancolie m'étreint alors que je convoque le souvenir si peu lointain, mais déjà si étranger, de notre salle de bains à Kaboul, transformée en hammam par un poêle à charbon. J'y reposais sur un banc de bois tandis que Sohaila ou Chakila me lavait avec amour. Quand c'était Sohaila, elle me chantait des histoires de sirène, et dans ses histoires, c'était toujours moi la sirène, la *dokhtar-e darya* de ma tendre sœur.

Dès que je suis propre, je demande à retourner à l'hôpital. La jeune fille accepte. Dans la cour de la maison attend mon passeur, qui se joint à nous, pressé de toucher le solde de son travail. Une fois que j'ai retrouvé maman et l'ai informé de sa présence, elle me demande de l'accompagner dans une salle de bains immonde attenante à la chambre. Là, elle découd une poche cachée à l'intérieur de son pantalon et me confie une liasse pour l'homme qui attend dans la rue. Elle ne veut prendre aucun risque, malgré le traitement rude qu'il m'a fait subir, car ce sont ses « collaborateurs » qui vont faire passer la frontière à mon frère Daoud dans une semaine.

Deux jours plus tard, ma mère peut sortir de l'hôpital, et la situation se complique alors. La famille qui nous reçoit doit en avoir assez de servir de relais au passeur. Mais surtout, ma mère n'a pas encore pu récupérer d'argent pour les payer. Bien qu'apparentés à un degré très lointain à la famille de ma mère, nos hôtes s'impatientent. Il n'est pas question de l'exprimer clairement, mais quelques heures à peine après que nous avons réintégré leur maison, la fille aînée fait une remarque désobligeante devant ma mère, se plaignant que « la marmite ne cesse de désemplir ». Au regard des normes afghanes de l'hospitalité, il s'agit d'un camouflet que Mariam Hachemi, veuve de Sikandar Shah, ne peut tolérer. Il y a trois jours, je parcourais les montagnes du Khaibar ; ce soir, je quitte cette maison dans le sillage de ma mère, outrée, qui redoute moins les rues de Peshawar à la tombée de la nuit que de se sentir l'obligée d'hôtes discourtois. Elle assure au passeur qu'elle sait où trouver des amis de la famille qui lui procureront l'argent manquant, ce qui est un mensonge. Nous partons en fait à la recherche d'un téléphone pour appeler Zaher en France, ce qu'elle n'a pas réussi à faire durant mon absence, à cause d'un numéro dont elle ne sait pas où placer l'indicatif international.

C'est une vraie folie : deux femmes, la nuit, dans les rues d'une ville sale, dangereuse, dont les habitants ne parlent pas notre langue et qui sont pour beaucoup exaspérés par la présence de tant de réfugiés. Notre survie est pourtant liée à ce coup de fil. D'une part, il faut que nous fassions savoir à Zaher et aux autres frères que nous sommes en vie mais surtout, il est le seul à pouvoir nous indiquer quel marchand à Peshawar sera notre agent pour le hawala et nous donnera notre argent. Le hawala est l'un des plus anciens systèmes de transfert de fonds, son existence étant attestée par des textes de lois musulmans datant du VIIIe siècle. Son principe est d'une grande simplicité et repose uniquement sur la confiance : un client dans une ville confie une somme d'argent à un hawaladar, souvent un marchand qui pratique cette activité en plus de son commerce. Dans une autre ville, en province ou à l'étranger, un autre marchand en affaires avec le premier a la responsabilité de tenir disponible cette somme pour le client. Les marchands se rémunèrent par une commission qui a le double avantage de contourner les taux de change officiels et de ne pas s'embarrasser de taxes. Encore faut-il savoir à quel agent s'adresser une fois arrivé à destination, ce qui n'est pas notre cas. Le « magot » de maman n'est pas considérable – elle a vendu nos meubles et nos tapis – mais il devrait nous permettre de survivre à Peshawar, de payer les passeurs de Daoud et les billets d'avion pour la France.

Ma mère pénètre avec moi dans un bureau de change, officiel celui-là, où elle sait pouvoir trouver un téléphone. Le Pakistanais responsable ne parle que le pachtou et n'a pas très envie de nous aider à déchiffrer les arcanes de notre numéro. Je prends les choses en main et essaie de le convaincre de tenter différentes permutations des zéros dans le nombre. Il n'hésite pas à afficher son mépris pour notre statut mais il reste une poignée de billets dans les poches de maman qui nous offrent quelques minutes de son assistance. Au quatrième essai, le téléphone sonne. Une voix féminine répond en français, Sylvette crie à l'autre bout du fil : « Zaher ! Ta maman ! » Ma mère prend le combiné en sanglotant. Zaher lui explique qu'un copain d'école – Hamayoun, un des enfants qui avaient souvent été reçus à la maison – a de la famille à Peshawar. Sa sœur, Malia, et son mari nous attendent depuis des jours pour nous accueillir. La communication est si mauvaise que maman n'arrive pas à noter l'adresse. Zaher demande à me parler, il veut que je lui décrive l'endroit où nous nous trouvons. Je parviens tout juste à mentionner la proximité d'une grande mosquée avant que la ligne ne soit coupée.

Il est huit heures du soir, le Pakistanais nous toise avec animosité. Maman veut rappeler, il refuse catégoriquement. Nous voilà de nouveau dans la rue ténébreuse. Maman me prend par les épaules et me dit : « Cela ne va pas être facile. Je te dois la vérité : tout peut arriver ce soir. Il nous faut prier. Allah est grand. Nous irons à la mosquée et essayerons d'y passer la nuit. Demain, nous prendrons un rickshaw[1] et tenterons de trouver les amis de Zaher. Sache que je n'ai pas peur pour moi, j'ai fait mon temps. J'ai peur pour toi, ma jolie petite fille. » Évidemment, le discours de maman détruit toute bribe d'espoir à laquelle je pouvais encore me raccrocher et me voilà vraiment paniquée. En une phrase, elle me fait passer de l'enfance à l'adolescence. Dans cette rue sinistre et malfamée, je prends conscience de ma féminité par le prisme des plus angoissantes perspectives qui puissent s'y rattacher. Je suis même gagnée par la peur rétrospective de ce que le passeur aurait pu me faire subir durant ces neuf journées de marche dans les montagnes, une

---

1. Taxi local, sorte de moto avec une banquette pour deux à l'arrière.

menace que je n'avais pas une fois envisagée, obsédée par la terreur plus enfantine de l'abandon.

Nous gagnons la mosquée, un gardien nous laisse accéder au jardin. Ma mère décide que nous coucherons là, au pied de la fontaine. Elle va pour donner le peu d'argent qui nous reste à cet homme quand, par la porte encore ouverte de la cour, nous apercevons un rickshaw s'arrêter, et un homme en descendre pour s'avancer vers nous :

— Ma mère, c'est vous ? Je suis Abdallah, le mari de Malia. J'ai eu Zaher au téléphone, c'est la troisième mosquée que j'essaie. Je vous ai retrouvées.

À peine initiée à la terreur des hommes, voilà que celui-là m'apparaît comme le Prophète en personne.

Nous grimpons avec lui dans un taxi et, vingt minutes plus tard, nous nous retrouvons dans une jolie petite maison, accueillies par la chaleureuse Malia que je reconnais pour l'avoir vue travailler au lycée Malalaï. Nous sommes au paradis. Dans le patio autour duquel sont distribuées les trois pièces de la maison, un repas superbe nous attend. Malia a préparé une chambre propre et claire à notre intention avec un coin pour la toilette et deux matelas. Nous dînons. Abdallah nous explique que, le lendemain, il appellera Zaher pour le rassurer. Au moment de nous coucher, nous préférons nous blottir toutes les deux sur le même matelas. Maman ne toussera pas une seule fois cette nuit-là.

Je ne quitterai pas ce patio enchanté de la semaine. Maman et Abdallah s'occupent de tout : récupérer l'argent, payer la famille d'accueil et le réseau des passeurs de mon frère. Le septième jour, nous récupérons Daoud, épuisé par sa traversée du Khaibar. Il est dans un état épouvantable. Les kilos perdus soulignent sa silhouette d'adolescent, et la peur encore brûlante dans son regard consume ce que son visage pouvait avoir gagné en maturité : nous avons quitté un jeune homme à Kaboul et c'est un petit garçon qui se jette dans les bras de maman en sanglotant. Elle lutte pour faire bonne figure mais, depuis des années, elle vit les exodes successifs de ses fils comme autant d'odyssées, et si le sort a chaque fois épargné ses enfants, il a prélevé une lourde dîme sur sa santé.

Le huitième jour, mon frère Zaher nous rejoint, prouvant qu'il est aussi capable de jouer les grands frères admirables dans les coups durs. Nous nous rendons plusieurs fois à Islamabad, à l'ambassade de France, pour les demandes de visa dont les démarches ont déjà été initiées par mes frères depuis Paris. Nous faisons des heures et des heures de queue, mais sommes assez tranquilles quant à l'issue de nos démarches. À l'époque de la guerre froide, l'Occident ne faisait pas de difficulté pour donner le statut de réfugiés politiques aux Afghans fuyant leur pays. La majeure partie de la diaspora se rend aux États-Unis, perçus comme un eldorado professionnel, ou en Allemagne, séduisante pour sa prodigalité en matière d'aides sociales. Nous ne sommes pas nombreux à demander à la France de nous accueillir, ce qu'elle fait d'assez bonne grâce[1] au bout d'une dizaine de jours.

Trois semaines après notre arrivée à Peshawar, je prends l'avion pour la première fois. Je passe le vol entier à vomir, agrippée au petit sachet brun prévu à cet effet, à côté de Zaher qui ne m'engueule même pas et qui me tend à chaque haut-le-cœur un nouveau sachet.

À Orly, Sylvette nous attend, et ses enfants, David

1. La France, contrairement aux autres pays, demandait à l'époque aux candidats à l'exil une garantie financière.

et Myriam, âgés de cinq et quatre ans, sautent dans nos bras avec un enthousiasme émouvant. Mes frères Zarin, Saber et Zaman sont là aussi. Seul Mohammed Shah n'a pas pu quitter Nantes à cause de ses études.

Nous nous rendons tous chez Zaher et Sylvette. La résidence où ils habitent est jolie, mais nous ne savons pas ce qu'est un appartement et tout nous paraît minuscule. Daoud doit partir avec Zaman, Saber et Zarin, à l'époque tous célibataires, dans leur deux pièces à Sceaux, tandis qu'ici, une petite chambre est destinée à nous abriter, ma mère et moi.

Alors que nous visitons l'appartement, ma mère m'attire dans la cuisine et me montre, le regard rieur, une chose française véritablement insolite : des paquets de farine ou de riz d'un kilo. Je pouffe. Chez nous, ils en contiennent vingt.

10

Premier réveil en France : hier Peshawar, ce matin Châtenay-Malabry. La veille, je n'ai aperçu de cette petite ville de la banlieue parisienne qu'une enfilade de maisons dessinant un paysage urbain aussi indéchiffrable pour moi que la langue de ses habitants. Mais je ne suis pas effrayée car je ne me sens pas en terre inconnue. Mon père aimait ce pays, son projet de nous voir tous apprendre le français avait été contrecarré par la propagande soviétique, mais il avait décidé il y a longtemps que sa famille avait un destin ici. Il n'avait jamais mis les pieds dans l'Hexagone, mais il en avait lu les philosophes et les écrivains, en avait appris l'histoire et retenu les aspirations. Mon père disait que la France offrait un rêve au monde et que l'on peut partager un rêve comme on embrasse un idéal. Sans doute pensait-il que l'identité des grands pays se définit plus sûrement dans les valeurs évoquées par leur nom que dans l'appartenance à quelques arpents de terre.

Je me lève et vais trouver Sylvette dans la cuisine. J'ai répété ma tirade dans la chambre. Je me plante devant elle et la récite. Elle n'en comprend pas un mot, alors je demande à Zaher de traduire : « Elle dit qu'elle veut commencer l'école demain. »

Sylvette est dubitative. Elle a beaucoup réfléchi à

mon intégration. Elle a prévu que les cinq mois qui nous séparent de la rentrée de septembre ne seraient pas superflus pour réussir mon entrée au collège où elle enseigne. Ma détermination la fait vaciller et, surtout, Sylvette est prof dans l'âme : elle croit dur comme fer que nul n'est tenu à l'impossible – sauf elle et Jules Ferry.

Alors, elle me fait signe de prendre mon manteau, et nous voilà parties pour l'école, deux femmes têtues partageant dix mots de vocabulaire et l'objectif de convaincre la directrice de l'établissement.

La première étape semble bien se dérouler. Je ne comprends rien à ce que Sylvette explique à sa supérieure, mais il est évident que celle-ci a l'air parfaitement informée de mon existence et m'observe avec une certaine bienveillance. La conclusion de la tractation est un hochement de tête engageant, et l'invitation de ma hussarde à la suivre. Pourtant, ce n'est pas une salle de classe vers laquelle nous nous dirigeons, mais un autre bureau, occupé par une autre dame. Cette fois, Sylvette me présente et me laisse seule avec mon interlocutrice. Cette femme est gentille et si notre tentative de communication s'avère immédiatement aussi comique qu'infructueuse, je me plie volontiers à ses demandes formulées avec un grand sens de la pantomime. Je fais donc un beau dessin et écris quelques lignes en persan. Je ne le sais pas encore, mais au panthéon des idoles de Sylvette, Freud est doté des mêmes superpouvoirs que Ferry, et elle a une confiance aveugle en la psychologue qui me fait passer ces tests somme toute peu intimidants.

Quand la psy fait de nouveau entrer Sylvette, c'est pour me conduire cette fois en cours. Frapper à la porte, ouvrir, faire face à la trentaine de bouilles pâles et souriantes, m'asseoir à côté d'une fille de mon âge au premier rang, sortir mon cahier et un stylo, écouter béatement la prof reprendre le fil de sa leçon, noter des choses tout droit sorties de mon imagination, recopier les formes tracées au tableau : je suis bien. Entendre une sonnerie, me lever avec la troupe, suivre le mouvement, découvrir la cantine, m'étonner de ce plat étrange que l'on nous sert – un steak et de la purée – m'étonner et tenter d'apprendre sans être trop ridicule l'utilisation d'un ustensile de cuisine appelé couteau (que je connais bien, mais dont l'utilisation à table me semble très exotique), prendre du plaisir au repas, au doux brouhaha infantile qui le rythme. Me lever, débarrasser mon plateau, gagner la cour de récréation. Craindre un instant de me trouver un peu seule, mais me retrouver tout de suite entourée d'une foule de gamins qui rivalisent de bonne volonté pour m'apprendre quelques mots « superimportants » comme « con », « merde », « putain », « chier »... Me réjouir de les voir si réjouis tandis que je les répète avec application, me promettre de les répéter toute la journée dans ma tête pour ne pas les décevoir le lendemain. Retourner en cours, cette fois dans un gymnase, m'émerveiller que chaque enfant possède un sac avec des affaires dédiées à l'exercice sportif, qu'ils aient une paire de tennis chacun, me souvenir qu'au lycée Malalaï, on nous faisait parfois faire un peu de volley ou de course à pied, mais qu'il nous aurait paru incongru d'enlever nos jolis uniformes. Regretter que la journée passe si vite, à la fin des cours retrouver Sylvette qui me reconduit chez elle, passer le seuil de sa maison en souriant, envahie par un profond sentiment de soulagement et de bonheur, parce que ça y est, cette journée prodigieuse et gorgée de nouveaux mystères le prouve : j'ai enfin retrouvé une vie normale.

Le soir, ma mère, Sylvette et Zaher tiennent conciliabule dans la cuisine. Zaher hausse le ton en faisant la liste de tous les efforts auxquels il devra consentir pour que nous puissions rester dans ce pays. À l'écouter énumérer les dépenses et les privations, cela a l'air bien plus dur que de traverser la passe de Khaibar ou de lutter contre les Soviétiques. Je ne saurais juger de la difficulté de ce nouveau sacerdoce, mais je sais que ce n'est pas une façon de parler à sa mère. Sylvette remarque mon désarroi et me prend à part. Par ses gestes et ses regards, elle parvient à me communiquer toute sa tendresse. Dans sa bibliothèque, un gros livre m'attire. Je m'en saisis, l'ouvre et me mets au défi : cet été, je serai capable de le lire. Ce soir-là, je me couche à côté de maman, heureuse d'avoir, en plus d'un lit et d'un toit, un but qui dépende uniquement de moi.

11

5 heures. Je me retrouve dans la cuisine avant que mon esprit ait eu le temps de suffisamment s'éveiller pour réclamer davantage de sommeil. C'est la force des automatismes : d'abord préparer le petit déjeuner de maman, ensuite ouvrir vraiment les yeux et regretter mon lit. Ni l'exil ni la maladie n'ont eu la force d'éroder les habitudes maniaques de Mariam Hachemi. Le petit déjeuner est une affaire sérieuse : je sors un pamplemousse du frigo, j'en coupe une moitié que je place sur un plateau, je fais attention à ce que le beurre soit uniformément étalé sur ses biscottes sans sel, je place un yaourt sur l'étagère supérieure du réfrigérateur de façon à ce qu'il soit facilement accessible et je verse le lait dans la casserole que je pose sur les plaques éteintes. J'ai toujours peur à l'idée que maman manipule le feu avec ses tuyaux d'oxygène dans le nez. Je ne peux entendre le « woufff » du gaz qu'on allume sans redouter un « boum » funeste.

C'est un matin qui commence bien, tout y est. Si j'ai oublié un pamplemousse ou un yaourt en faisant les courses, maman ne se gêne pas pour me culpabiliser : « C'est de ma santé qu'il s'agit, Chékéba. » J'ai renoncé depuis longtemps à tempérer son orthodoxie alimentaire, maman est persuadée que sa discipline est la clé de sa survie : « Tu penses, avec tout ce que j'ai traversé comme épreuves, si j'avais fait des entorses à mon hygiène de vie, je serais déjà morte. » Il n'est évidemment pas question d'expliquer à une mère atteinte d'une grave infection pulmonaire, à soixante ans à peine, que je trouve parfois un peu sévère de me voir reprocher l'absence d'un pamplemousse alors que je fais tout dans la maison. Cela ne me gêne pas tant que ça, cela fait cinq années que j'ai quitté Zaher et Sylvette pour cet appartement en bordure du jardin de Chateaubriand, à Châtenay. Cela fait huit années qu'un matin de septembre, quelques jours avant la rentrée des classes, j'ai refermé *Le Palanquin des larmes* de Chow Ching Lie, heureuse et fière de mes cinq mois d'efforts et de ma maîtrise nouvelle du français. Aucun examen, dans toute ma scolarité, ne m'a paru depuis plus difficile.

Huit ans... L'histoire de notre famille durant cette tranche de vie a davantage relevé de la saga que du long fleuve tranquille. Très vite, ma mère, ne s'entendant pas très bien avec Zaher, avait quitté son toit, pour rejoindre Zarin, Saber, Zaman et Daoud à Sceaux. Il avait été décidé que je ne la suivrais pas, pour ne pas perturber ma scolarité et parce qu'il n'y avait pas vraiment de place pour moi. Je la rejoignais tous les week-ends, et je me souviens encore des longues promenades dans le parc enchanteur à côté de leur appartement si exigu. En 1988, mes frères et ma mère avaient déménagé à Alfortville, une banlieue moins riante, mais où ils avaient trouvé un appartement qui leur offrait une chambre à chacun. Zarin les avaient quittés pour s'installer avec sa femme, Sophie, mais avait été remplacé par Mohammed, rentré de Nantes, son diplôme d'ingénieur en poche. C'est là que la santé de maman avait commencé à sérieusement se dégrader. Ce fut une époque difficile pour moi, je me faisais constamment du souci pour elle, la distance de mes trajets hebdomadaires avait considérablement augmenté et surtout, il n'était plus question de se balader le week-end, mais de compenser les tâches ménagères qu'elle ne pouvait pas assurer : deux jours pour tenir leur maison propre, faire la cuisine et repasser les chemises de Mohammed qui se lançait dans la vie professionnelle et n'avait donc pas une minute pour les affaires domestiques. Maman se plaignait continuellement de l'absence de parc à Alfortville, plus d'arbres pour produire « son oxygène » indispensable à « ses poumons ». Il n'y a qu'une chose qui lui plaisait dans cette nouvelle vie : l'appartement était suffisamment grand pour qu'ils puissent y pratiquer l'hospitalité à l'afghane. En ces temps de lutte contre l'envahisseur communiste, mes frères étant tous impliqués corps et âme, la bonne ville tranquille d'Alfortville était devenue, sans le savoir, un haut lieu de la résistance antisoviétique. Maman adorait « ces pauvres moudjahidines sans famille » qui se succédaient dans son salon. Jamais une gardienne de HLM ne vit passer autant de commandants en tenue traditionnelle (*peran tunban* et *chapan*), à tel point que Saber, très inquiet de sa réputation de Français irréprochable, avait un soir déboulé dans le salon en pyjama pour crier : « Allez ouste, il faut aller se coucher, on est en France et les gens se lèvent tôt pour travailler, ici. » Il faut imaginer la tête dépitée de mes trois autres frères qui prenaient le thé avec un petit groupe de commandants, dont un certain Burhanuddin Rabbani, futur président de la République afghane, assassiné dans un attentat-suicide en septembre 2011 à Kaboul… Parmi les autres invités de mes frères appelés à jouer un rôle dans l'histoire, que ce soit la grande où celle qui fait l'objet de ce récit, il y eut aussi Ahmed Zia, le frère de Massoud et futur vice-président, et un jeune homme appelé Masstan pour lequel maman s'investit beaucoup dans son installation en France. Mais c'est moi qui fus chargée de nettoyer sa chambre de fond en comble après son départ pour que ma mère ne conserve de lui que le souvenir du devoir accompli, et pas les légions de puces qu'elle le soupçonnait d'avoir transportées depuis la vallée du Panshir (pur racisme de classe de sa part à l'encontre d'un homme qu'elle jugeait d'extraction trop simple).

L'engagement politique de mes frères et la transformation de leur appartement en QG de la résistance rendaient mes week-ends encore plus difficiles. Je devais souvent préparer des repas pour vingt personnes et passais une grande partie de mes samedis en cuisine. Une fois, j'y passai même une partie de la nuit : les commandants étaient arrivés en début d'après-midi, très en avance sur l'horaire et, la cuisine donnant sur la salle à manger, je fus contrainte de ne pas la quitter dix longues heures durant, persuadée que mes frères n'estimeraient pas convenable que je m'exhibe dans ma tenue occidentale (jean et tee-shirt). Toutes ces années, je ne trouvai de réconfort qu'à l'école et dans la compagnie de mes neveu et nièce David et Myriam, qui étaient devenus mes confidents. C'est en grande partie à eux que je devais de m'être si rapidement adaptée à la langue française, car même si la différence d'âge entre nous n'était pas très importante, je m'en étais occupée un peu comme s'ils étaient mes enfants. Cinq années durant, nous nous étions protégés mutuellement, nous blottissant dans le même lit quand leurs parents se faisaient des scènes terribles. Paradoxalement, leur père, Zaher, entre deux crises de colère, se montra quand je vivais sous son toit le plus « progressiste » des mâles de la famille. Il m'autorisait, et même m'encourageait à aller à la piscine ou à passer une nuit chez mes amies quand elles m'invitaient. Pas une fois je ne m'autorisai l'un ou l'autre de ces plaisirs, craignant de mettre maman en porte-à-faux vis-à-vis de ses autres fils qui auraient crié au scandale s'ils l'avaient appris. En 1991, l'année de ma terminale, Mohammed Shah, Saber, Zaman, Daoud et ma mère obtinrent un nouvel appartement plus vaste à Châtenay-Malabry, en bordure de la forêt et près de la maison de Chateaubriand. Saber épousa Isabelle et partit s'installer avec elle. Il y avait une chambre pour moi et je pus enfin revivre sous le même toit que maman. En 1992, j'obtins mon baccalauréat avec, pour motif de fierté, les meilleures notes en français de toute ma promotion du lycée Mounier. Je décidai d'intégrer une école de commerce.

5 h 30. Les seuls signes de vie dans la maison sont le bruit de la douche et celui de la machine à oxygène de maman sous l'évier de la salle de bains. Cette pieuvre métallique, avec ses trente mètres de tuyaux, est devenue un monstre sacré dans ma vie. J'ai appris à parler couramment le dialecte de la pieuvre. La moindre modulation de son ronronnement me fait me dresser, même au cœur de la nuit, prête au pire, c'est-à-dire à l'hospitalisation immédiate. Une fois, au début de notre affrontement, la bête m'a prise par surprise. Un matin, j'ai retrouvé maman exsangue dans son lit, les ongles déjà bleus. La pieuvre a une petite sœur, plus aimable, plus maniable, qui accompagne ma mère dans ses promenades quotidiennes au bois.

5 h 45. Je vérifie que maman dort. Comme tous les jours, à la caresse de mon coup d'œil sur elle, son instinct la réveille.

– Je ne dors pas, j'attendais que tu partes pour me lever.

– Ton petit déjeuner est prêt, maman, tu demanderas à Zaman de réchauffer ton lait.

– Je peux le faire toute seule.

– Je préférerais que tu demandes à Zaman.

– Embrasse-moi.

– Il y a du *yakhni*[1] pour ton déjeuner au frigo. Bonne journée, maman.

– Amuse-toi bien, ma chérie.

Je ne peux pas m'en empêcher : je lui en veux terriblement pour cette phrase qu'elle prononce tous les matins parce que je sors de la maison. Le pire est son ton taquin qui ne laisse planer aucune ambiguïté : absolument tout ce que je peux faire qui ne consiste pas à m'occuper d'elle ne peut être que de l'amusement.

6 heures. Ma grande journée d'amusement commence. Marche. Bus. RER. Le trajet de Châtenay jusqu'à mon école de commerce dans le 16e arrondissement me prend une heure et demie.

7 h 30. J'ai une demi-heure dans la cafétéria pour récupérer auprès de mes amis les cours que j'ai manqués la veille. Dans cette école de commerce privée, j'ai un point commun avec mes camarades : ma tête de déterrée le matin. Ils sont tous persuadés que je suis encore plus fêtarde qu'eux. Certains m'en veulent même un peu de ne jamais partager mes plans. Ils m'appré-

---

1. Soupe de poulet aux légumes.

cient et pensent que j'ai une vie palpitante ; j'aime bien qu'ils le pensent mais je ne sors jamais. J'ai réussi à me persuader que je n'aime pas ça. Je n'ose toujours pas aller à la piscine, alors la vie nocturne estudiantine… Zaman a pitié de moi, il m'emmène de temps en temps au restaurant ou au cinéma, que nous adorons tous les deux. Mais dans les salles obscures, assise à côté de lui, je suis si gênée quand survient une scène d'« embrassades » que je regrette aussitôt d'être venue. À la maison, quand nous regardons la télévision, il y a toujours quelqu'un pour zapper les « images impudiques ». Si mes amis de promotion savaient que je suis cette jeune femme-là… Je ne fais vraiment rien pour clarifier la situation : je suis joyeuse, mes origines bourgeoises font de moi une élève parfaitement adaptée à cet environnement de jeunes gens privilégiés, je suis populaire auprès de mes professeurs parce qu'étrangère sans être étrange. Je n'ai pas demandé de bourse. À l'école, on me pose parfois des questions sur la situation en Afghanistan. Il m'est désagréable de répondre : « À feu et à sang », comme d'habitude… Les Soviétiques se sont retirés en 1989 en confiant le pouvoir au communiste Mohammed Nadjibullah, mais la guerre ne s'est pas éteinte, et au mois d'avril 1992, les moudjahidines sont entrés dans Kaboul. Depuis, ils se font la guerre entre eux et, comme d'habitude, les civils trinquent[1].

Midi. Je quitte l'école après avoir vérifié qui prendra le cours de l'après-midi pour moi. J'ai trouvé un

---

1. Les différentes factions qui étaient unies contre les Soviétiques s'opposent : les islamistes de Hekmatyar, soutenus par le Pakistan et l'Arabie Saoudite, les moudjahidines de Massoud et les Ouzbeks du général Dostom.

boulot juste à côté, c'est pour cette raison que je l'ai choisi : dans l'annuaire, en cherchant les sociétés installées dans la même rue que mon école. J'ai déjà un travail à la Sofres qu'une amie, Marie-Laure Gauvin, m'a dégoté, mais il ne suffit plus à payer ma quote-part de loyer, mes frais de scolarité et ma participation au budget familial. Cela ne me fait pas peur de cumuler, c'est juste une question d'organisation. J'ai donc appelé cette agence, Lorentz Concerts, qui représente des artistes classiques. Je n'y connais rien, mais j'ai eu la chance de tomber sur la patronne, Marie-Andrée Benhamou. Je l'ai intriguée et, à la fin de notre premier entretien, elle m'a engagée à mi-temps. La rémunération est faible, mais la proximité de l'agence avec l'école me permet de mener de front mes deux emplois. Au début, mon travail consiste à mettre à jour les biographies et autres documents de présentation des artistes. C'est un bon moyen d'apprendre à connaître cet univers. Bientôt, j'assiste plus efficacement Marie-Andrée, servant d'intermédiaire avec les organisateurs de concerts, préparant les feuilles de route des artistes. Il m'arrive d'accompagner ma patronne au concert, cela me fait rater une soirée de boulot à la Sofres et me vaut des complications à la maison, mais me remplit d'une telle fierté... Au bout d'un an, j'ai vraiment pris mes marques. Une des difficultés de cet emploi diurne est que, pendant que je m'amuse, ma mère reçoit chaque après-midi la visite d'un kiné et d'une infirmière. Son français étant très approximatif, elle a besoin de mon assistance téléphonique. Mon troisième travail, c'est « hotline ». Parfois, je dois jongler avec plusieurs appels professionnels tout en continuant à assurer son assistance téléphonique, ce qui donne lieu à des échanges surréalistes :

Kiné : Votre mère vient de me jeter un flacon d'alcool à 90° dessus. Je ne peux pas travailler dans ces conditions.

Chékéba : Quoi ? Passez-la-moi. Maman ?

Mariam (en dari[1]) : Cet homme est malade, il est arrivé en toussant, il va me transmettre ses germes. Je lui ai bien dit de se laver les mains. Il a fait semblant de ne pas comprendre, mais c'est un menteur.

Chékéba : Maman, ce n'est pas une raison pour l'asperger d'alcool. Un instant, maman, j'ai un double appel. Lorentz Concerts, j'écoute ?

Jason (programmateur d'un festival) : Chékéba, c'est Jason, j'appelle au sujet de Jeanne Garnek. On ne peut plus travailler dans ces conditions.

Chékéba : Qu'est-ce qu'elle a fait encore ?

Jason : Elle avait promis de ne pas faire de discours avant le concert. Résultat : trente minutes ! Trente minutes de prêchi-prêcha insensé. Les gens ne paient pas pour ça. Et elle a recommencé avec les notes de frais, je…

Chékéba : Jason, patientez un instant, s'il vous plaît, je vous reprends tout de suite. Maman ? Passe-moi le kiné, s'il te plaît. Monsieur ? Je suis désolée. Non, cela n'a rien d'injurieux, c'est une coutume chez nous, quand les invités de marque arrivent, on les asperge d'essences précieuses. Oui, je suis bien consciente que l'alcool à 90° n'a rien de précieux, mais il faut lui pardonner. D'accord ? Merci, elle est très malade. Merci. Jason ? Qu'est-ce qu'elle a fait comme note de frais ?

Jason : Ce n'est pas une question de montant mais de principe. On a payé un cachet de 15 000 dollars,

---

1. Langue officielle de l'Afghanistan avec le pachtou, elle est issue du persan.

l'hôtel, le transport, le dîner… et elle va voir dans mon dos mon assistante pour se faire rembourser sur-le-champ un sandwich au saumon à 2 dollars ! Il y a des limites, non ? En plus, elle m'a dit que cet été, elle voulait à nouveau jouer Scarlatti. C'est une grande pianiste, mais si elle veut revenir cet été…

Chékéba : Un instant Jason. J'ai de nouveau un double appel, c'est peut-être elle d'ailleurs. Maman ? Je suis au travail, là, qu'est-ce qu'il y a encore ? Oui, je sais qu'il n'y a plus de Maalox. Non, on ne va pas changer de kiné, tu aimes beaucoup celui-là. Eh bien, la prochaine fois, je suis sûre qu'il ne toussera plus. Sois gentille avec lui. Je te laisse. Jason ? Désolée, c'était le festival de l'Orangerie.

Jason : Chékéba, soyons clairs, je peux supporter les notes de frais pour les sandwichs, l'espresso ou le dentifrice… Je veux même bien lui payer des saumons entiers, mais vous, vous me garantissez qu'il n'y aura plus de discours.

Chékéba : Désolée, Jason, mais Jeanne Garnek, c'est *avec* discours, c'est comme ça ! La neige, c'est beau, mais c'est froid. La mer, c'est beau, mais ça mouille. Jeanne Garnek, c'est magnifique et ça tchatche. Je lui parlerai pour Scarlatti, en revanche. À bientôt Jason. Allô ? Allô ? Maman ? C'est encore toi ? Le pantalon de Zarin ? Il t'a appelée pour ça ? Dis-lui qu'il est au sale, maman, et qu'on le mettra à sécher ce soir. Oui. Oui je sais que tu aimes bien ce kiné. Moi aussi, je l'aime bien. Quoi, qu'est-ce qu'elle a, l'infirmière ? Maman, comment veux-tu que je sache si l'infirmière a le rhume des foins ? Tu verras bien. Oui, je penserai au Maalox. Et de l'alcool à 90° ? Toute la bouteille ? D'accord maman, ne jette rien sur l'infirmière, c'est tout ce que je te demande. Et remplace Scarlatti par

Mozart. Non, ça, c'est une blague. Je t'aime, maman. À ce soir.

18 h 30. Je file dans le métro pour rejoindre la Sofres, porte d'Orléans.

19 h 30. Mon amie Marie-Laure me briefe : un nouvel anti-poux pour animaux va être bientôt lancé, j'ai une semaine pour trouver douze vétérinaires en Ardèche qui acceptent d'assister à un brainstorming. En bonne chasseuse de prime, je suis payée par tête de véto rapportée. Je dois laisser mes listings sur la table de Marie-Laure qui fera le point le lendemain. Je me suis spécialisée dans les paysans, les vétérinaires et les docteurs, des populations dont les journées de travail sont longues et qui acceptent de répondre au téléphone tard. Je rencontre un certain succès avec ce genre de missions que je mène sous le nom de « Nathalie Dupond » – même s'il me faut affronter à chaque réunion avec les « prospects » la rituelle question, chargée de tant de déception dans leur voix : « Mais elle est où, madame Dupond ? »

Une fois par semaine, je dois être au Auchan de Vélizy à 21 heures pour le ravitaillement. Je sais exactement où trouver les promos, le lait de maman, etc. Et il faut préparer le week-end. Chaque semaine, Zaman et Daoud sont réquisitionnés contre leur gré pour le grand ménage hebdomadaire. Les autres ne font rien. Ceux qui ont des enfants les amènent pour que maman en profite. C'est son plus grand moment de bonheur, quand elle peut se sentir *Bibi Djon*[1]. Alors, peu importe le surcroît de travail, d'autant que moi aussi, j'aime être

---

1. « Chère grand-mère » en persan.

entourée de mes neveux et nièces, quelles que soient mes relations avec leurs parents respectifs.

Ce soir, pas de courses, je peux m'amuser plus longtemps.

21 h 30. Je quitte la Sofres, il me reste trente minutes de trajet. Si je rate le RER, il me faudra marcher une heure le long de la nationale.

22 heures. Dans la cuisine, maman me dresse la liste des ennuis de sa journée pendant que je fais le dîner. Mes frères sont très patients, ils préfèrent dîner tard plutôt que de cuisiner. En même temps que le dîner, je prépare le déjeuner de maman pour le lendemain.

22 h 30. Mes frères très patients, ma mère malade et moi dînons.

23 heures. Il me reste à lancer la machine à laver le linge. C'est aussi le moment où je m'attelle à toute la paperasse de la maison. Nous avons un compte bancaire où chacun verse sa quote-part, et c'est moi qui le gère. Je remplis les papiers dans la chambre de maman, pour être un peu avec elle. Elle se plaint beaucoup d'être trop souvent seule.

Minuit. Maman dort, je vais étendre le linge. Il me reste une heure pour lire mes leçons et, parfois, un roman. Je découvre avec une passion vorace Maupassant, Sartre, Duras et Colette.

1 heure. J'éteins la lumière.

12

J'ai vingt-cinq ans, j'ai fini l'école, je ne travaille plus pour la Sofres ni pour Lorentz Concerts, mais pour Arjowigging, un papetier international. C'est un vrai boulot, au département marketing, avec un vrai salaire et des responsabilités. J'ai grandi, je n'ai pas beaucoup changé ; le monde autour de moi, oui.

En Afghanistan, l'ennemi n'est plus les Russes mais les talibans. Notre champion est toujours le même, ses moudjahidines se battent toujours pour un Afghanistan libre. Il s'appelle Massoud. On le surnomme « le lion du Panshir », du nom de la vallée où il a installé sa base arrière. C'est pour les femmes réfugiées dans cette vallée que la petite association que j'ai créée à Paris récolte des fonds depuis trois ans.

En ce dimanche ensoleillé, je me rends à une manifestation visant à ameuter la communauté féministe en France. Mes banderoles sont prêtes : « Dehors, les talibans », « Libérons les femmes afghanes », « Afghanistan libre »… Nous avons rendez-vous place de la République à treize heures. J'ai peur d'avoir fait trop de banderoles. J'ai appelé toutes mes copines, récoltant quelques vagues promesses. Marie-Laure Gauvin et Claire Ladon, elles, seront là. J'ai bien essayé de mobiliser mes frères, mais ils sont un peu las : ils ont si souvent manifesté contre les Russes, ils ont vu les moudjahidines entrer à Kaboul, ils ont tellement espéré. Puis, quand cette paix chèrement acquise s'est transformée en guerre civile parce que les commandants victorieux préféraient se déchirer plutôt que de s'atteler à la création d'une nation, ils ont tellement pleuré. Alors, quand le peuple, écœuré, a accueilli à bras ouverts ces jeunes étudiants idéalistes, appelés talibans, qui ramenaient la paix et l'ordre, mes frères se sont concentrés sur leurs propres vies, comme la plupart de la diaspora. Et puis, la guerre froide enterrée par la chute d'un mur, plus personne ne s'est intéressé à l'Afghanistan qui devenait, faute d'enjeu international, le problème des seuls Afghans. Pourquoi pas. Sauf que Massoud avait repris les armes et affirmait que l'enjeu restait international, que les talibans n'étaient pas qu'une menace locale. Je n'avais pas une conscience géopolitique des événements, mais je gardais vivant le rêve du pays de mon père ; et puisque j'étais jeune, c'était mon tour de marcher dans les rues, de crier des slogans, de brandir des pancartes.

Dans le métro, je retrouve Marie-Laure et Claire. Nous arrivons chargées de nos gros sacs plastiques sur la place où nous découvrons un attroupement impressionnant :

– Euh, Chékéba ? Pourquoi les filles portent des foulards à une manifestation pour la condition des femmes afghanes ?

– Parce que ces gens-là, apparemment, c'est pour la Palestine qu'ils défilent. Allez, on cherche les nôtres.

Nous faisons le tour de la place et nous nous asseyons au pied de la statue. Nous sortons les banderoles des sacs. Peut-être la marche a-t-elle commencé ailleurs pour finir ici ? Je reconnais deux Afghans qui s'approchent.

« Hou, hou, on est là. » On est là, c'est sûr, et bientôt notre troupe compte sept têtes, dont deux blondes. Un nouveau couple d'Afghans arrive en renfort. Lui, je le connais, il s'agit de Masstan, que mes frères avaient accueilli à Alfortville. Il est maintenant chargé d'affaires à l'ambassade d'Afghanistan en France[1]. Ayant quitté jeune mon pays, je ne suis pas très au fait des dissensions politiques internes à notre diaspora. Cela explique que je ne comprenne absolument rien à la violente dispute qui éclate sous mes yeux entre l'épouse du diplomate et une autre Afghane, présidente d'une association. Cela dit, Masstan a l'air tout aussi perdu que moi, au point de me demander d'intervenir. Ce que je ferais volontiers si je pouvais juger du motif de la discorde. En l'espèce, le seul critère d'appréciation à ma disposition est la vulgarité criarde de Madame la diplomate, un défaut pas assez politique pour que je me sente capable de prendre parti. L'affaire est résolue par le départ de son interlocutrice et de ses trois amies. Nous voilà cinq.

Deux heures passent. Nous restons cinq. Je remercie Marie-Laure et Claire, et je rentre faire la cuisine pour ma mère et mes frères.

À la maison, ma condition n'a pas beaucoup changé. Quand j'ai eu mon bac avec mention, mon frère Mohammed a dit à maman : « Pour une Afghane en France, avoir le bac, c'est suffisant, maintenant tu peux la marier, ça, ce serait convenable. » J'y pense en prépa-

---

1. De 1996 à 2001, l'Afghanistan est représenté par Massoud même si, en théorie, il n'est que le ministre de la Défense d'un gouvernement en exil présidé par Rabbani. Dans les médias occidentaux, on parlera beaucoup d'Alliance du Nord, mais c'est une création des journalistes.

rant le dîner parce que demain, j'ai rendez-vous avec ma gynéco qui va, comme à chaque fois, s'étonner à trop haute voix de mon absence de vie privée. J'y pense parce que, depuis que je suis sortie de l'école de commerce et que je travaille chez Arjo, j'ai beaucoup d'amis hommes, avec lesquels je m'entends très bien. J'y pense parce que, dans mon nouveau travail, j'ai rapidement été promue, qu'on m'a confié le pôle Europe, que je voyage souvent, et que voyager seule pour raisons professionnelles est une des nombreuses choses que mes grands frères Mohammed et Zarin considèrent comme « vraiment pas convenable ». Je pourrais m'en moquer. Après tout, je suis une jeune femme moderne. Sauf que parfois, ça m'agace. Chaque déplacement à l'étranger implique pour moi des jours de travail supplémentaires. Laisser ma mère seule, c'est-à-dire avec deux de ses jeunes fils, est un challenge d'organisation et de préparation psychologique. Mais ça ne me dérange pas. En revanche, chaque fois que je rentre, je subis la désagréable et rituelle conséquence du bourrage de crâne que mes frères aînés ont pratiqué sur ma mère en mon absence : maman appuie sur la touche du répondeur et il me faut écouter, à côté d'elle, les discours de ces mâles vengeurs lui expliquant à quel point il faut que je sois indigne pour l'abandonner ainsi, et que de toute façon, une femme n'a pas à voyager seule et à rencontrer des hommes. Chaque fois, j'aimerais dire à maman que mes frères sont des hommes très modernes eux aussi, parce que, s'ils étaient restés traditionnels, ils seraient terrassés de honte à l'idée de me laisser seule subvenir à ses besoins alors qu'ils en ont largement les moyens, et que la moindre trace de traditionalisme leur aurait commandé depuis longtemps de recueillir leur mère dans leurs pavillons chics, ce que leurs épouses, modernes elles aussi, ne semblent pas considérer comme une tradition convenable. Je me contente de me défendre en disant que pour payer le loyer, il faut gagner de l'argent et que dans mon travail, il est normal que je voyage. Mais je ne m'étends pas, parce qu'en général, à ce moment-là, il faut que je fasse les courses, le dîner, que je m'occupe de la maison et du linge de maman. Mes grands frères ont tort : je ne suis pas une jeune femme très moderne.

J'en ai rêvé pourtant. À tel point que j'ai commencé à payer les traites d'un appartement. Longtemps, il est resté vide, mais chaque mois, signer un chèque me permettait de rêver quelques instants à cette vie plus facile qui m'attendait dès que j'aurais le courage de partir m'y installer. Et puis, c'est Daoud qui s'y est installé. C'est moi qui le lui ai proposé. Il est devenu le locataire de mon plan de fuite, et je suis restée avec maman.

Je gagne bien ma vie depuis deux ans. Une partie de mon salaire finance le budget modeste de l'association que nous avons créée Marie-Laure et moi. Je ne cesse de m'émerveiller de son engagement : le mien est génétique, tandis qu'elle est simplement une femme concernée par le monde comme il va, ou plutôt comme il devrait aller. Nous ne sommes pas inactives. Nous avons commencé en pleine guerre civile, toutes les écoles avaient été détruites et nous voulions faire quelque chose et surtout, nous rendre rapidement sur le terrain, à Kaboul. Comme nous étions naïves, nous avions contacté le Quai d'Orsay, où un fonctionnaire avait fini par nous recevoir pour nous expliquer que la guerre n'était pas un jeu d'amateurs, qu'il y avait déjà des associations qui travaillaient sur place, et que si nous parvenions à récolter de l'argent, nous serions bien inspirées de le confier à ces professionnels – ce qui, il faut l'avouer, n'était pas un conseil absurde. Quant à nos idées de voyage, nous devions retenir que le ministère nous le déconseillait fortement, regrettant presque de ne pas pouvoir nous l'interdire, et que si nous poursuivions ce projet fantasque, il nous fallait bien comprendre que ce n'était pas l'affaire de la France. C'est étrange, mais nous étions sorties du rendez-vous avec une envie redoublée de partir.

Le temps de trouver un vol, les talibans étaient entrés dans Kaboul. Nous ne pouvions prévoir l'horreur qu'ils traînaient dans leur sillage, mais nous nous doutions que ce n'était pas une bonne nouvelle pour les écoles que nous rêvions de reconstruire. Alors, pendant deux années, nous nous sommes montrées plus raisonnables et nous sommes contentées de récolter des fonds pour les reverser à une association plus solide.

Lever de l'argent pour une cause quand on est inconnu, sans réseau et sans inhibition, mène à endosser les casquettes les plus surprenantes.

Cuistot : convaincre un restaurateur de nous prêter son local un soir de fermeture, rameuter quelques amies, inviter cent vingt personnes, c'est-à-dire d'autres amis, des collègues et la famille, cuisiner pendant quarante-huit heures, servir un repas correct, ranger et nettoyer. Investissement en temps : deux semaines. Gain net : 500 euros, le budget de fonctionnement annuel d'une école dans la zone libre du Panshir. On arrive à en faire trois par an.

Organisateur de spectacle : prendre contact avec le théâtre du Splendid ou le théâtre Trévise, les convaincre de nous prêter la salle un soir, aller voir les élèves du cours Florent, motiver un groupe à monter un spectacle bénévolement, inviter les amis, les collègues, la famille, remplir la salle. Trois mois d'investissement, 1 800 euros net de profit, de quoi construire une nouvelle école sous tentes et acheter les livres scolaires et les fournitures. Entre 1997 et 2000, nous réussirons à donner six spectacles.

Ce ne sont pas à proprement parler des exploits, juste des tâches difficiles à mener à bien après de grandes journées de travail. La lassitude qui nous menace provient plutôt du sentiment que notre cause n'intéresse vraiment pas grand monde. La communauté afghane elle-même est totalement démobilisée.

C'est un sujet que j'aborde souvent avec mon amie Hassina Sherjan, qui essaie comme moi de faire quelque chose pour l'Afghanistan, mais depuis Washington. Je la rejoins une fois pour me retrouver à quelques rues du Capitole, dans une manifestation aussi dépeuplée que celle de la place de la République. Hassina me présente une autre Afghane très active, Zora Rasekh. Elles ont en commun d'avoir toutes les deux accompli le même acte de bravoure : se rendre incognito dans notre pays, dans la zone sous le contrôle des talibans, pour voir la situation de leurs propres yeux.

On se dit qu'on devrait mettre nos forces en commun, mais il nous manque un projet concret. C'est à ce moment-là que je suis contactée par un groupe de femmes à Paris, mené par Patricia Lalonde, Connie Borde et Shoukria Haidar. L'association Negar veut organiser un voyage de femmes au Tadjikistan à la rencontre des Afghanes réfugiées à Douchanbé. Je participe aux réunions qui se tiennent généralement dans les locaux de Génération Écologie, prêtés par Brice Lalonde, le mari de Patricia. Je m'investis dans l'organisation de ce voyage qui m'offre une formidable opportunité de me rapprocher géographiquement de mon pays. J'espère qu'une fois sur place, je trouverai un moyen de gagner le Panshir.

Bien sûr, à la maison, je ne parle que de cette nouvelle aventure. Ma mère, qui est plutôt en forme, me soutient ; mes frères ne font pas de commentaires, mais ne s'y opposent pas.

Le voyage est compliqué à mettre en place car les participantes viennent de nombreux pays, et qu'il faut organiser notre logement et la conférence sur place. Heureusement, Shoukria, la présidente de l'association, a de la famille à Douchanbé, ce qui facilite la logistique.

Le 25 juin 2000, nous voilà parties. Un groupe de quarante-cinq « Occidentales » à la rencontre de cent cinquante Afghanes de la communauté de réfugiées. L'événement dure trois jours et aboutit à la rédaction d'une charte des droits essentiels des femmes afghanes. Hassina est aussi désireuse que moi d'en profiter pour traverser la frontière. Le conseiller culturel de l'ambassade d'Afghanistan à Douchanbé participant à la conférence de Negar, nous en profitons pour lui demander un rendez-vous avec son supérieur hiérarchique, l'attaché militaire. Shoukria, Patricia et Connie jugent l'idée excellente. Hassina et moi nous retrouvons bientôt dans le bureau de Zabet Saleh.

13

– Bonjour, nous sommes membres d'une des associations pour les droits des femmes afghanes et nous voudrions un hélicoptère pour aller dans la vallée du Panshir.
– Vous ne voulez pas plutôt un thé ?
– Non, merci, monsieur. Nous préférerions un hélico.
Saleh, l'attaché militaire, est défait. Poliment, il nous explique qu'ils ne disposent que de deux hélicoptères et que ceux-ci servent à des tâches majeures, comme le ravitaillement ou l'acheminement des armes. Qu'en plus, c'est un voyage périlleux, puisqu'il faut survoler pendant cinq heures des territoires contrôlés par les talibans.
– De toute façon, pourquoi voulez-vous tant y aller ?
– Parce que nous nous sentons concernées par le sort des femmes afghanes, parce que nous apportons un peu d'argent (j'ai la cagnotte de l'association), parce qu'il y a avec nous des journalistes qui veulent témoigner de la situation. Alors, c'est bien beau de faire de grands discours en disant que personne ne s'intéresse à votre combat. Nous, nous sommes là, et nous voulons partir.
Il en reste bouche bée. J'en profite :
– Et si on l'appelait ?

– Qui ça ?
– Massoud. Comment communiquez-vous avec lui ?
Dépassé, il me montre un téléphone satellite.
– Alors, on l'appelle ?
– Mais on ne va pas appeler Amer Saheb[1] !
– Pourquoi pas ?

L'impossible se produit : Saleh compose le numéro en tremblant. Il demande à parler à Massoud, pensant qu'avec un peu de chance la communication s'arrêtera au niveau du secrétaire qui lui répond. Celui-ci lui dit qu'il le rappellera dans dix minutes. J'attends, bras croisés, face à lui. Je devine qu'il hésite entre nous prendre pour des folles ou pour des personnalités extrêmement importantes. Mais, dans son univers, même une folle n'oserait pas se montrer aussi directive avec un homme. C'est ma seule chance. Des gens passent, quelqu'un demande ce que nous faisons là. Je réponds, satisfaite :

– Nous attendons qu'Amer Saheb rappelle.

Il faut voir la tête des hommes dans la pièce !

Le téléphone sonne enfin, l'attaché militaire décroche et, d'une petite voix, commence :

– C'est une jeune sœur qui est venue de Paris...

Il s'embrouille. Je lui prends le combiné des mains :

– Allô, Amer Saheb ? Alors, voilà : on est arrivées jusqu'ici. Et maintenant, on veut voir notre pays. On veut savoir ce qu'on peut faire pour vous...

Je dévide mon monologue, cela fait longtemps que j'attends de prononcer ces paroles.

Un silence de mort à l'autre bout du fil.

Puis sa voix :

---

1. Amer Saheb, littéralement « le grand chef », est l'un des noms couramment donnés à Massoud.

– Passe-moi Saleh.

Je rends le combiné à mon nouvel ami qui est blanc comme un linge.
– Oui, Saheb.
– ...
– Oui, Saheb.
– ...
– Oui, Saheb.

Il raccroche, me regarde et dit :
– Préparez-vous, vous partez demain ou après-demain.

14

Depuis deux jours, nous attendons dans un hôtel glauque l'hélicoptère promis par l'attaché. Tout ce qu'on nous demande est de nous tenir prêtes dès cinq heures du matin. Nous ne pourrons partir qu'à neuf personnes, dont cinq journalistes.

Nous tuons le temps en nous moquant de l'incompréhension totale que notre présence et notre attitude provoquent chez les hommes de Massoud à Douchanbé. Nous nous moquons aussi de nous-mêmes, pauvres Afghanes occidentalisées prétendant avoir une idée précise de ce que nous faisons sur le canapé gris de cette ancienne construction communiste, nos bagages à nos pieds, et nos espoirs dans les chaussettes.

Le matin du second jour, trois gaillards nous rejoignent, l'un d'eux est Saleh, qui n'en revient toujours pas de ne pas avoir réglé la situation avec une tasse de thé. C'est lui qui nous annonce : « On va à l'aéroport. » Les deux autres l'ont clairement accompagné pour satisfaire leur curiosité à notre égard. Tout le monde a peur de cet hélico.

L'aérodrome militaire grouille de femmes soldats, russes ou tadjiks, toutes maquillées à outrance. On prend nos passeports. Shoukria, Patricia et les autres membres de la délégation nous souhaitent bon voyage et nous confient la charte qu'elles souhaitent voir signée par Massoud. L'attaché nous montre d'un signe de main l'hélico. Lui ne sera pas du voyage, mais il a la tête d'un type victime du mal de l'air. Sans doute a-t-il surtout peur de se faire engueuler si on se fait tuer.

– Le matériel est chargé, vous pouvez y aller.

On grimpe à bord, le moteur est déjà allumé, ça empeste l'essence et le bruit est assourdissant. Le sol de l'habitacle passager est décoré d'un tapis, entouré de deux bancs ; le plus frappant est que les hublots sont tous cassés et colmatés avec des bidons d'huile découpés. En guise de vue, nous pouvons lire : « 100 % huile vierge », mais la porte principale a l'air de fermer. Le plancher est entièrement recouvert de caisses de munition et de bidons d'essence. Au fond, un parachute déployé sert de bâche.

Un vieux commandant se joint à nous, un ancien proche de Gulbuddin Hekmatyar[1] qui inspire visiblement un respect mâtiné de frousse aux hommes de Massoud. Une négociation s'entame entre les pilotes, les autorités au sol, tout le monde s'opposant sur le plan de vol, et chacun s'accordant sur le fait que nous sommes trop chargés. Trente minutes plus tard, le pilote nous suggère de prier. Quand je vois que lui-même joint le geste à la parole, je comprends que nous allons enfin décoller.

Le commandant égrène son chapelet, le *tasbeh*, et continue ses prières longtemps après que l'hélico s'est élevé dans le ciel. Il est plus pâle que nous et quand il finit de marmonner, je ne peux m'empêcher de lui demander si tout va bien. Il me lance un regard haineux et me répond : « Je n'ai pas peur pour moi, jeune

---

1. Chef du parti islamiste Hezb-e Islami ayant combattu les Soviétiques puis s'étant opposé par les armes à Massoud lors de la prise de Kaboul en 1992.

sœur, ma vie est faite, mes plus grands combats pour Allah sont derrière moi. Non, j'ai peur pour toi qui es si jeune et qui vas certainement mourir écrasée. »

Nous poursuivons notre vol. Nous avons compris que dans deux heures nous ferons une étape à Khoja Baodin. Candides, nous remarquons bien que nous survolons parfois des talibans de si près que nous avons l'impression de pouvoir les regarder dans les yeux, mais nous ne nous inquiétons pas outre mesure. Enfin nous nous posons. La porte de l'hélico reste fermée. On nous ravitaille. À notre approche, des dizaines de femmes et d'enfants ont couru vers l'engin, espérant tous monter à bord pour rejoindre leurs proches dans la vallée du Panshir. Sourds à leurs supplications, les pilotes redémarrent les rotors et nous redécollons. Après deux nouvelles heures de vol, nous découvrons avec ravissement notre destination. La vallée s'étire entre les montagnes sous notre coque d'acier. C'est une vision paradisiaque : la rivière, les arbres en fleurs, le Panshir est vert et riant sous le soleil de juin. Nous nous posons.

Hassina et moi nous serrons la main, nous avons toutes les deux la larme à l'œil. Le pilote descend à son tour. Il n'a pas l'air très assuré. Il se met à prier. Il titube maintenant, ses jambes cèdent sous lui et le voilà à quatre pattes, reprenant difficilement son souffle. Nous tentons de l'aider à se relever, lui demandant naïvement la cause de son état. Il nous dévisage, ahuri, et nous répond que lui aussi voyait les talibans dans le blanc des yeux pendant ces heures de vol. La différence, c'est que lui sait qu'une fois sur deux, selon l'humeur, ils tirent leurs roquettes. Ces jeunes pilotes formés par les Soviétiques étaient des trompe-la-mort. Massoud les adorait et louait leur immense courage.

15

Nous sommes reçues sur le tarmac par une délégation de Massoud. Nous montons dans des voitures et progressons dans la vallée en suivant la rivière, dont le flot fait un boucan d'enfer. La route est en terre battue, jalonnée de petites boutiques improvisées dans des containers, où l'on propose des fruits, des légumes, de la farine, du pain. La vallée s'étend sur cent kilomètres et les hautes montagnes qui l'encadrent constituent un rempart naturel très efficace, quasiment infranchissable en hiver, d'où la recrudescence des combats dès la fonte des neiges. Les maisons accrochées à flanc de roche sont humbles, mais toutes ont un bout de terrain cultivé. Les habitations s'étalent tout le long de la coulée verte, mais se concentrent aussi en villages, marqués par la présence de petites mosquées et d'écoles. Notre destination est une maison du beau-père de Massoud à Bazarak. On nous y reçoit et l'on nous présente le ministre de l'Éducation et sa femme, M. et Mme Zara, le porte-parole de Massoud, Yunus Qanooni, ainsi que les responsables des quelques écoles des villages de la vallée. Les journalistes vont aussi à la rencontre des représentants des rares ONG qui ont des bureaux dans le Panshir (Médecins du monde, Médecins sans frontières) et du Programme alimentaire mondial. Tous manquent cruellement de moyens et pâtissent de la difficulté d'acheminement du matériel.

Les hommes de Massoud nous traitent avec un mélange de déférence et d'incompréhension. Je sais qu'il ne faut laisser transparaître aucune faiblesse mais je compatis intérieurement à leur trouble car il est vrai que la situation est incongrue : nous voilà installées avec du thé, des amandes et des raisins secs. Nos hôtes, toujours aussi mal à l'aise, se sentent obligés de nous faire la conversation tandis que nous saisissons progressivement que les combats font rage avec une rare intensité. Entre Kaboul et la vallée du Panshir, la grande plaine de Shamali est la ligne de front, mais aussi le terrain des pires exactions des talibans. Les villageois de la plaine résistent comme ils peuvent, aidés par les hommes de Massoud, mais nos ennemis n'ont aucune limite et n'hésitent pas à enfermer des familles entières dans leur maison pour les brûler vives. Des centaines de jeunes filles sont enlevées, personne ne sait ce qu'elles deviennent. Les exécutions sommaires n'épargnent ni les enfants ni les vieillards. Sur ce champ de bataille, il n'existe pas une chose telle que la notion de civils. Alors, en plus de la guerre, il faut gérer l'exode. Quand Massoud était reparti dans les montagnes, quatre ans plus tôt, en 1996, pour entrer une fois de plus en résistance, il s'était retrouvé très seul. La plupart des commandants qui avaient lutté contre les Russes s'étaient exilés en Iran ou au Tadjikistan. Il avait commencé sa lutte avec très peu d'hommes puis, après deux années passées à se réorganiser militairement, voilà qu'il lui fallait improviser une logistique humanitaire. La foule des déplacés est en ce moment même en marche vers la vallée. Sa lente progression est rythmée par l'explosion des roquettes, un tempo macabre qui nous glace et fait se serrer nos mains autour de nos tasses de thé.

Je cherche dans le regard d'Hassina une inspiration, mais elle est aussi désemparée que moi. Dehors, un brouhaha se fait entendre. Je me lève et sors. La cour a été envahie par de nombreux jeunes hommes descendus de leurs 4 × 4. Ils sont venus annoncer au ministre que les réfugiés ont atteint le Tangy, l'entrée de la vallée. Je me tourne vers lui pour savoir si quelqu'un est plus particulièrement en charge des déplacés. Il me répond que oui et que cette personne est partie en avant pour essayer de faire face à la situation. Je demande alors à ce qu'on nous conduise en voiture à sa rencontre. Nos hôtes paniquent, mais je ne compte pas leur laisser le temps de nous interdire de prendre des risques.

– Nous, on prend la voiture. Vous, faites ce que vous voulez.

Évidemment, trois hommes nous accompagnent. En route, nous leur posons des questions pour évaluer leurs ressources. Y a-t-il des bazars, des marchés ? Comment se réapprovisionnent les échoppes sur le bord de la route ? Dispose-t-on de tentes pour abriter les familles ? Nos interrogations ne provoquent que des commentaires évasifs : « On s'arrangera », « *inch'Allah* ». Agacées par ce que nous prenons pour de l'amateurisme, nous sommes à deux doigts de nous énerver pour de bon quand, exigeant des précisions, nous n'obtenons même plus des phrases mais des rires potaches. Nos questions les font rire ? Jusqu'à ce que nous comprenions que ces ricanements ne répondent pas à notre candeur, mais servent juste à masquer leur embarras. Nos questions ne sont pas mauvaises, ce sont les réponses qu'il ne serait pas honorable de prononcer. Ces hommes ne veulent pas dire à haute voix leur dénuement. Alors, ils ricanent. Moi, je réalise que je me suis certainement trop francisée, je ne sais plus lire couramment l'homme afghan.

Nous commençons à croiser des centaines de réfugiés qui marchent, visiblement harassés, vers le village que nous avons quitté. Nous remontons la colonne humaine et finissons par nous arrêter quand nous atteignons le Tangy. Là, on nous présente l'homme en charge de gérer la situation. Il est en train de discuter avec des villageois. Il doit avoir entendu parler de notre arrivée car il ne me pose pas de questions, mais répond aux nôtres avec une certaine précision. Ils manquent de tout, comme je l'avais deviné. Il y a bien un bazar à Bazarak pour acheter et distribuer des denrées. L'Inde a fait acheminer deux cents tentes, mais il faut les rapatrier de Douchanbé. Le plus important, c'est le logement : il nous apprend que Massoud est en train de réunir les anciens de tous les villages du Panshir pour faire appel à l'hospitalité : chaque habitant devra recueillir une famille sous son toit. Selon les règles de l'hospitalité afghane, cela signifie implicitement que les villageois feront leur la responsabilité de subvenir aux premiers besoins de ces réfugiés. Cela devrait laisser quelques jours pour organiser un peu plus efficacement la transformation de la vallée en camp humanitaire. J'ai la cagnotte de l'association avec moi. Nos 5 000 euros ne sont pas une somme négligeable pour acheter des vivres.

Nous commençons par participer à l'accueil. Il faut repérer dans ce flot ininterrompu les plus faibles et leur prêter secours. Alors que je vais à la rencontre des femmes et des plus âgés, je suis saisie par la crainte de ce qu'ils vont penser de moi. Ces gens viennent de survivre à l'horreur, ils ont tout perdu, et voilà que je les aborde pour tenter de les aider, de les guider vers des maisons, des villages. Ne vont-ils pas me prendre pour une touriste en mal d'une bonne action ? Est-ce cela que je suis : une jeune Française vivant le grand frisson humanitaire ?

Une femme attire mon attention dans la file. Elle porte un bébé emmailloté dans ses bras, et deux enfants marchent à ses côtés, les pieds en sang, agrippés à son tchadri[1] sale. Je vais à sa rencontre. Elle soulève son voile. Elle ne doit pas être bien plus âgée que moi, mais son visage est creusé et son regard a quelque chose d'inquiétant.

– Tu veux que je te prenne un peu le bébé, ma sœur ? Pour te soulager quelques instants ?

– Non. Non. Non.

Je regarde un de ses enfants :

– Asseyez-vous un moment. On va vous trouver à boire. Vous devez avoir soif.

Calmement, mais comme ailleurs, elle répète à ses enfants :

– Il faut s'asseoir. Il faut boire !

Je cours à la voiture pour voir si j'ai de quoi leur nettoyer les pieds. En revenant vers eux, je me dis qu'à sa place, je n'aurais pas laissé le bébé tête nue sous un tel soleil. À l'instant précis où je les rejoins, une femme plus âgée qui a assisté à notre discussion s'approche de moi et me glisse à l'oreille : « Le bébé est mort. »

Je me penche doucement vers la mère et lui redemande de me confier son enfant.

---

1. Ce qu'on appelle « tchadri » en Afghanistan, par opposition à « tchador », est le foulard bleu intégral et grillagé au niveau du visage, connu en Europe sous son nom d'origine pakistanaise, la burqa.

97

Elle ne répond pas, continue de le bercer.
J'insiste, elle finit par le poser dans mes bras.
Elle me dit : « Il faut continuer à la bercer. »
Je souris et berce le petit cadavre.

Alors, elle se met à parler : elle vient de Shamali, elle a perdu ses frères, son mari, elle est partie sans avoir le temps d'emporter quoi que ce soit. Elle me demande :

– Ma sœur, tu crois que je peux enlever mon tchadri pour donner le sein à mon bébé ?
– Non, ma sœur, il y a vraiment trop de monde.
– Ah.

L'enfant dans mes bras est déjà dur comme un bout de bois. Nous continuons à discuter. Elle veut savoir qui je suis, d'où je viens. Je lui parle de l'association et des projets scolaires. Je me sens plus que jamais illégitime. Elle est très calme, très réfléchie.

– C'est bien que tu sois ici, cher professeur. Ce qu'il nous faut maintenant, c'est envoyer les enfants à l'école. Ils auront l'impression d'être au village.

Elle ne réclame ni eau ni nourriture. Je nettoie les pieds ensanglantés de ses enfants et elle continue à parler d'éducation.

L'un de nos accompagnateurs nous retrouve. Il dit qu'il y a une structure d'accueil à Bazarak vers laquelle on peut les diriger. Je demande à la femme plus âgée, qui n'a pas bougé de là, si elle veut bien les guider. Elle accepte et prend le bébé dans ses bras.

La nuit est tombée, nous dormons quelques heures dans des lits. J'ai honte : ce soir, la plupart des réfugiés vont dormir sous des tentes.

Les deux journées suivantes, toutes les questions et les doutes sont écrasés sous le poids de l'urgence. Il y a tant de problèmes à résoudre, si peu de bras pour porter la détresse qui se présente à nous. Les habitants du Panshir ne renâclent devant aucun sacrifice, tout le monde accueille, partage, nourrit, soigne, avec une prodigalité proportionnelle au dénuement. Quand toute une population se porte au secours d'une autre, les efforts de logistique à produire prennent pour ceux qui s'y engagent la forme d'une mission sacrée. Il faut être à la hauteur des peines, mais aussi à la hauteur du don. Les soucis personnels comme la légitimité s'évanouissent car on participe à un mouvement. Rien, absolument rien ne peut aussi clairement donner l'impression d'appartenir à un pays que l'évidence de l'élan collectif. Je ne me pose plus de questions, on ne m'en pose plus. Je suis une Afghane en Afghanistan, et cela se résume à régler des problèmes d'approvisionnement, de transport, de santé publique et d'hébergement.

Le matin du troisième jour, on nous prévient que Massoud va nous recevoir. On nous demande d'attendre dans un salon. Sur le canapé, j'ai sorti mon cahier et mon stylo, Hassina, son magnétophone. Les sept autres passagers de l'hélicoptère sont là aussi, impatients de rencontrer le lion du Panshir.

Massoud arrive. Il nous serre la main. Son entourage est tendu, je sais qu'on redoute que nous fassions une gaffe, une entorse au protocole ou une insulte aux coutumes afghanes. Il est évident que Massoud s'en moque complètement. Je prends des notes comme une écolière. Il trouve honteux, nous explique-t-il, que seules des femmes étrangères s'intéressent à la cause. Personne mieux que les Afghanes ne peut comprendre et aider leurs compatriotes.

En repassant dans ma tête ce que je sais de lui, je me dis qu'il a changé. Le Massoud qui combattait les Russes n'aurait jamais reçu une femme. L'audience qu'il nous accorde est aussi un message qu'il adresse à ses hommes. Tout dans son discours et ses questions prouve la transformation d'un chef de guerre en homme politique. Il nous demande pourquoi la France, pays des droits de l'homme, ne fait rien. Cette façon naturelle de s'exprimer est troublante. Massoud est bien renseigné. Il nous parle du rôle de la communauté internationale, de l'importance des médias dans ce conflit, de la façon de les sensibiliser. Installée à son côté, je noue assez facilement le dialogue avec lui et traduis pour ceux qui ne comprennent pas le persan. Il sait que je ne suis personne, mais on lui a rapporté que je me suis plutôt bien débrouillée pendant trois jours, et cela joue en ma faveur. Sans doute a-t-il apprécié que je lui tienne tête au téléphone quand j'ai réclamé un hélicoptère. Mais tout cela n'a aucun poids. Je ne suis rien, mes quelques efforts ne peuvent me distinguer des moudjahidines qui risquent leur vie à ses côtés.

Massoud déploie devant nous son projet de société civile. Il me prend mon cahier d'écolier et il écrit : 1. Éducation, 2. Santé, 3. Énergie et télécommunications. Il nous parle d'écoles pour filles à bâtir, de dispensaires, de groupes industriels à intéresser à la construction de barrages, de centrales électriques, de câblages téléphoniques dans la vallée...

Comme son beau-frère Racheddin lui a décrit les efforts de notre petite association pour financer des écoles de filles, il me dit de quelle façon je pourrais intervenir à ses côtés. En leader habile, il me valorise en me confiant de façon implicite des responsabilités. Je vois la surprise se peindre sur les visages de son entourage. Racheddin est tout simplement sidéré par cet adoubement intempestif. Je ne suis pas moins ébahie que lui. « Djamshed, quand Hachemi prendra contact

pour les dossiers, il faudra me prévenir rapidement. »
Me désigner par mon nom de famille est une marque de respect inhabituelle. Il précise : « Il faudra dire à Masstan de montrer les dossiers à Hachemi. » Masstan est le représentant de Massoud à Paris (ce même jeune homme que mes frères avaient accueilli à Châtenay et que ma mère soupçonnait injustement d'avoir importé des poux pansheri). En quelques mots, il vient de signifier qu'il me confie une fonction officielle.

Il me dit enfin : « Il faut se battre, lancer des projets, créer des écoles. Chaque fois que tu trouveras la moitié du financement, je trouverai le reste auprès des amis de notre cause. »

Molia, un des membres de la délégation, lui présente la charte. Il la signe en ajoutant des alinéas. Enfin, il se lève et demande à ses aides s'il y a assez de couvertures pour ses invitées, si nous sommes bien installées.

Et il s'en va. Je vois dans le regard des autres que mon statut a changé. Il va falloir rentrer à Paris où m'attendent mon boulot de jeune cadre dynamique, ma mère malade, et trouver les ressources pour ne pas décevoir ces attentes qui me dépassent largement. Voilà une pensée mille fois plus terrifiante que l'hélicoptère qui m'a amenée ici.

16

Nous passons les jours suivants à distribuer des provisions, à faire monter des murets, à redresser des tentes. Les camps de Dashtak et de Hanaba commencent à ressembler à quelque chose. La rivière du Panshir est de plus en plus sale. Je n'ai plus d'argent et me sens redevenir impuissante. Je reprends l'hélico dans l'autre sens. À Douchanbé, Hassina, Manila et moi nous envolons pour Moscou. À peine arrivée dans notre chambre d'hôtel, je m'évanouis. Hassina se méfie des hôpitaux et fait venir un médecin. Il diagnostique un choc nerveux et une baisse de tension spectaculaire, m'installe une perfusion et réclame cent dollars. J'ouvre un œil, désigne mon sac à Hassina :

– Tu vois, le point commun de toutes les histoires afghanes, c'est qu'on finit toujours par se faire avoir par les Russes.

Ma remarque ne fait par rire Hassina, qui sanglote, mais le docteur, qui parle persan, sourit et la rassure :

– Votre amie ne va pas mourir tout de suite. Le sens de l'humour n'est pas un symptôme de l'agonie.

Je bascule dans un sommeil de plomb.

Dès que je suis remise sur pied, je vérifie l'efficacité du bouche à oreille. Nous voici assaillies de visites d'élégants Afghans, en costume de marque. Leurs berlines se succèdent devant notre hôtel. Nous sommes choquées par l'opulence de cette diplomatie financée par Massoud, représentée par des attachés culturels et des chargés d'affaires mis en place par le président Rabbani de la façon la plus népotique qui soit et qui n'ont jamais remis les pieds en Afghanistan depuis l'entrée des talibans à Kaboul. Massoud a choisi de les garder tous en place et de les payer au gré des financements levés pour conserver une représentation diplomatique dans le monde. Un choix pragmatique et renseigné. Nous sommes beaucoup trop naïves et inexpérimentées pour saisir les bénéfices de cette stratégie. Le plus choquant est qu'ils viennent nous voir comme des héroïnes, parce que nous sommes allées là-bas. Nous devenons vite agressives et déployons une hostilité assez puérile : quand on nous invite à dîner, nous demandons le coût du repas et suggérons d'envoyer une somme équivalente aux réfugiés. En une semaine de convalescence, je réussis à me faire détester d'eux. L'adoubement de Massoud me protège, mais mon attitude les humilie.

J'ai eu maman au téléphone. Elle est à l'hôpital.

Trois jours plus tard, je la retrouve à Roissy, avec son tuyau d'oxygène dans le nez, en compagnie de mon frère Zaman. Je m'effondre en larmes dans ses bras. Elle me dit qu'elle est fière de moi. Nous rentrons à la maison, où nous attend Mohammed Shah. La première chose que je fais en arrivant est de poser mes valises pour aller dans la cuisine préparer le repas. Maman me pose mille questions sur mon voyage, sur Massoud. Elle dit à Mohammed : « Tu vois que tu avais tort, qu'elle en était capable. » Mon frère n'essaie même pas de cacher son amertume.

Je peux en comprendre les fondements : premier

arrivé en France, il avait été très actif pour la cause afghane, prenant le parti du régime Hekmatyar. Puis, il avait changé de bord et était devenu le représentant en France du parti Jamiat qui luttait contre les Soviétiques. Il s'était donné beaucoup de mal, et dans le contexte de la guerre froide, avait contribué à lever des fonds importants. Quand les Russes avaient été vaincus, il s'était rendu à Kaboul, mais Amer Saheb n'avait pas pu le recevoir. Il en était rentré blessé, aigri et n'avait plus jamais rien fait pour l'Afghanistan. « Tout ça, c'est bien beau, mais qui s'occupe de maman malade ? Une fille s'occupe de sa mère, une jeune fille honorable reste à la maison, tout simplement. »

17

Le lendemain, chez Arjowigging, alors que je reprends avec application le fil de mes activités professionnelles, j'ai l'impression d'être spectatrice de moi-même. Mon centre de gravité vient d'être déporté, mon quotidien parisien m'apparaît comme un ballet mécanique. C'est pourtant bien cette partie de ma vie qui me sauve de l'angoisse et, aussi étrange que cela puisse paraître, me rend « opérante ». C'est parce que mon travail et mes obligations domestiques m'accaparent, c'est parce que tous les efforts que je dois fournir pour la tâche qui m'anime vraiment sont à fournir « en plus », « à la marge », que je peux me battre sans être écrasée par la disproportion ubuesque entre la personne que je suis, les moyens dont je dispose et les responsabilités qui viennent de m'être confiées. Je ne suis certainement pas la première à expérimenter que la fatigue est un rempart contre le doute, mais dans mon cas, c'est le caractère inextricable de la situation qui suspend le plus efficacement mes soupçons d'illégitimité. Si à l'impossible nul n'est tenu, l'Histoire ne peut pas se permettre d'être très regardante sur les candidats à l'impossible. Or, franchement, en ce mois d'août 2000, si une chose est sûre, c'est bien que le sort de l'Afghanistan n'intéresse personne.

Je décroche le téléphone et appelle Masstan à l'ambassade. Avant même que j'aie pu lui raconter quoi que ce soit, il me dit qu'il est au courant de tout et qu'il est heureux de ce renfort, qu'il en a assez de se débattre seul.

Deux jours plus tard, je passe la porte d'un hôtel particulier avenue Raphaël, dans le 16e arrondissement et découvre une grande maison délabrée, envahie par les odeurs qui s'échappent de la cuisine. Un gynécée typiquement afghan (épouse, belle-mère, belles-sœurs) tente de maîtriser des enfants qui jouent partout, et dont les cris composent la mélodie d'un joyeux foyer très éloigné du calme austère que j'imaginais régner dans une ambassade. Je propose à Masstan de commencer par organiser une réunion avec des membres de la diaspora pour les remobiliser sur l'avenir de leur pays. Il m'ouvre le fichier de l'ambassade et me précise que je devrai payer les timbres. Comme je ne réagis pas, il en profite pour me glisser quelques factures EDF en souffrance. Comme toutes les autres représentations de l'Afghanistan, Masstan doit tenir son ambassade avec des bouts de ficelle.

Le courrier part un samedi soir, il me reste une dizaine de jours pour remettre en état la salle de réception de l'ambassade. Tous les jours, après le travail, je passe, souvent aidée d'une copine, pour repeindre, nettoyer, lustrer. Un ami m'a promis de me prêter des chaises pliantes, un autre quelques thermos pour pouvoir servir du thé.

Le jour J, je vois arriver une vingtaine d'hommes à la mise sérieuse et, visiblement, tous d'importante condition. Leur nombre me gonfle d'espoir, je les reçois et laisse parler mon cœur. Afghane, c'est-à-dire lyrique, je ne discours pas mais je chante, il y a du clairon dans mes exhortations, du roulement de tambour dans ma vision d'un Afghanistan libre. Massoud a besoin de vous, Massoud manque de tout. Et me voilà intarissable sur le sort des femmes et des enfants du Panshir, j'ai des histoires à leur raconter, ils les entendront toutes. La très jeune femme qui leur assène : « Massoud m'a dit qu'il comptait sur vous » n'a peur de rien et surtout pas de passer pour une exaltée. Le moment est trop beau pour que je m'embarrasse de considérations aussi accessoires que la prudence et le respect des coutumes, facteurs qui devraient me susurrer qu'il y a peut-être quelque chose d'assez inhabituel dans le fait qu'une très jeune femme claironne et batte le tambour, assène « Massoud m'a dit que... » sans douter qu'ils répondront à cet appel. Mon humeur de 18 juin est un peu dégonflée par une première intervention :

– Au moins, avec les talibans, la sécurité et le calme règnent à Kaboul.

Parmi une panoplie de réponses, c'est évidemment la pire qui me vient spontanément aux lèvres :

– Ah bon, mais c'est génial, alors. Comment se fait-il que ta femme et ta fille sont en France et qu'elles se baladent sans foulard alors qu'elles pourraient être au calme là-bas ?

La première réaction est attendue : l'homme se lève, outré, et quitte la salle. La deuxième l'est beaucoup moins, tous ceux qui restent partent d'un fou rire communicatif. La spontanéité a payé, l'humour m'a acquis auprès de cet auditoire, si ce n'est le respect, au moins une forme d'attention bienveillante. L'humour est afghan, seul remède au fatalisme de ceux qui ont trop souvent été déçus.

À la fin de cette première réunion, je suis euphorique. Je prends les adresses de tout le monde et engrange les promesses d'une prochaine fois. C'est rien et c'est tout à la fois. Je me sens moins seule.

18

Quand je dis que je me sens soudain moins seule, il me faut préciser : moins seule parmi les Afghans de France. Car je ne suis ni la première ni la plus acharnée à me battre pour mon pays. Beaucoup s'étaient mobilisés contre les Soviétiques. Tous ont eu le cœur brisé par la médiocrité de leurs héros, une fois le pouvoir conquis. Il n'y a pas pire trahison qu'une paix sanglante après une longue guerre juste. Pour ne pas avoir perdu la foi dans ces enchaînements cyniques de l'histoire, il faut aimer le pays au point de tout pardonner à ses habitants. Le genre de passion qu'on prête aux romantiques et aux aventuriers.

Depuis l'enfance, je connaissais Christophe de Pontfilly. Quand les Russes occupaient l'Afghanistan et que mes frères étaient engagés, il était venu plusieurs fois chez nous, à Alfortville. À l'époque, j'étais une petite fille qui lui passait les plats. Je pouvais encore me montrer devant les invités européens de mes frères. Ce grand type maigre représentait pour moi le reporter intrépide, et c'est dans ses films que je découvrais mon pays. Lui n'avait jamais cessé de se battre, la déception de la guerre civile ne lui avait pas fait baisser les bras, la responsabilité de Massoud dans cette débâcle ne l'avait pas détourné de lui, la surdité de la communauté internationale aux cris haineux des talibans contre la liberté le poussait à redoubler d'ardeur.

J'appris à le connaître à l'ambassade. Nous devînmes amis. Souvent, je le retrouvais dans les bureaux de son agence, Interscoop, et nous passions des heures à hurler de rage ensemble contre l'immobilisme et les petites lâchetés de la diplomatie internationale. Christophe, qui vivait depuis des années les plus grandes aventures, était présent dans toutes mes entreprises dérisoires : quand nous organisions un dîner pour lever des fonds, il venait faire un discours et vendre ses photos pour l'association. Quand j'étais à court d'idées, il rebondissait, allait par exemple voir son ex-beau-père, propriétaire de la Compagnie des Bateaux Mouches, pour le convaincre de nous en prêter un. À chaque soirée, chaque représentation théâtrale, chaque vente d'objets artisanaux, il venait parler, il venait aider, faire le pitre aussi, parce que c'était la façon afghane de faire. Il me disait souvent : « Toi, ma petite, tu as la folie afghane, c'est cette folie qui me lie à ton pays et à ton peuple, cette faculté de rire au cœur du drame. » Christophe de Pontfilly a été mon héros, mon grand frère. Je ne sais pas pourquoi, à la fin, aucun éclat de rire ne l'a sauvé de son désespoir. Sans doute le sens de la dérision ne suffit-il pas face à certains mauvais détours qu'emprunte l'Histoire.

19

Automne 2000. L'association continue de récolter de l'argent, mais les sommes sont toujours aussi dérisoires en comparaison des efforts déployés pour les obtenir. La promesse faite à Massoud, avec qui je communique régulièrement grâce au téléphone satellite de l'ambassade, m'aide à tenir bon. Je retourne pour une semaine dans le Panshir avec deux journalistes freelance. Les reporters sont si peu nombreux à se rendre sur place que mes acolytes sont accueillis comme de véritables « émissaires » de l'Europe. Nous logeons à nouveau dans la maison de Bazarak. Je passe presque tout mon temps avec les réfugiés. Cela me donnera l'occasion de faire la connaissance d'une femme formidable, Khola[1] Razia, sœur du Dr Abdullah Abdullah[2].

Un jour, alors que je suis à la recherche d'un toit pour une famille nouvellement arrivée dans la vallée, les villageois me suggèrent d'aller lui demander secours. Eux-mêmes ont déjà recueilli tant de réfugiés

---

1. *Khola* signifie « tante » en persan.
2. Homme politique afghan représentant Massoud auprès de la communauté internationale. Il sera ministre des Affaires étrangères du président Karzaï, puis son principal adversaire à l'élection pour la présidence de la République en 2009.

de la plaine de Shamali... Je me rends à Dashtak et découvre Razia, dans son jardin, en train de s'affairer autour de grandes marmites dans lesquelles elle prépare de la *chorba* pour plus de trente familles, toutes hébergées sur son terrain. Cette femme me touche immédiatement par la beauté et la grâce que ne parviennent pas à ternir ses habits usés et noircis par la fumée. Elle a cinquante ans et me rappelle maman par sa façon « chic et snob » de continuer à maintenir les apparences dans sa magnifique maison. Quand il lui a fallu quitter Kaboul, à l'arrivée des talibans, Razia a décidé de venir s'installer dans la vallée parce qu'elle avait besoin de se sentir utile, dans son pays, pour les Afghans. Cinq minutes de discussion nous suffisent pour devenir amies. Sa modestie est à la hauteur de sa générosité. J'apprends de son entourage qu'elle consacre vingt heures par jour à œuvrer pour le bien-être des familles dont elle a la charge. Dans ce marathon quotidien, elle trouve le temps et les ressources pour faire classe aux enfants du village. Je m'installe chez elle et nous apprenons à mieux nous connaître. Un soir, elle me prend dans ses bras et me fait un grand cadeau en me disant qu'elle est fière de moi, parce que je suis ici, comme elle, alors que ses propres enfants qu'elle adore ont préféré une vie un peu plus tranquille au Tadjikistan et aux États-Unis.

Durant le même voyage, je fais aussi la connaissance de deux commandants moudjahidines aussi dissemblables qu'influents dans les rangs de Massoud : Assadullah Khaled, jeune Pachtoun de Ghazni, et Abdul Rasul Sayyaf, un fondamentaliste proche des Saoudiens.

Je revois Massoud. Cette fois, nous parlons principalement de lui. Je joins ma voix à celles qui le poussent à venir en Europe : il faut qu'il acquière une visibilité et un statut de chef d'État. J'ai pris des notes dans mon petit cahier à spirale, je ne suis plus timide, je me lance dans de grands développements politiques sans que jamais il me fasse me sentir déplacée. Pour autant, je ne crois pas un instant qu'il prendra le risque de quitter le pays. La guerre est incessante, les hostilités sanglantes. Massoud, le chef de guerre, peut-il vraiment se permettre de consacrer du temps à la diplomatie ? J'insiste sur le fait que personne en Europe ne s'intéresse à son combat. Pire, les talibans semblent sur le point d'être reconnus par les Américains comme un interlocuteur valable. Il me répond que la communauté internationale n'a pas d'autre choix que de s'intéresser à l'Afghanistan, parce que les talibans abritent le berceau du nouveau terrorisme international.

De retour à Paris, dans les moments de découragement, j'invoque la silhouette de la réfugiée portant dans ses bras son bébé mort et m'expliquant que les enfants doivent aller à l'école. J'ai réussi à recenser les professeurs disponibles dans la vallée du Panshir. Bientôt, le maigre butin de l'association paraît suffisant pour financer quatre classes dans les villages de Dashtak et de Hanaba. Le budget couvre le salaire des instituteurs, de grandes tentes pour abriter les cours, les fournitures et les livres scolaires. Je tiens à acheter tout le matériel sur place, c'est évidemment beaucoup plus cher, mais cela crée un léger effet sur l'économie locale. Il est passionnant de constater comme les plus petites initiatives produisent de grands effets dans les sociétés en crise. Il suffit d'annoncer dans la vallée que l'on dispose de devises étrangères destinées à l'achat de fournitures pour que, du jour au lendemain, les échoppes misérables regorgent de cahiers et de paquets de crayons de couleur flambant neufs. La demande a une responsabilité sur l'offre : ce qui peut paraître un poncif économique dans une démocratie riche devient un acte politique dans une communauté exsangue et en guerre.

20

Et puis, en mars 2001, les bouddhas sont tombés.

Ces deux statues monumentales excavées dans la montagne surplombent la vallée de Bamiyan, au centre de l'Afghanistan, depuis quinze siècles. Leur pilonnage à l'artillerie agit immédiatement comme une sirène d'alarme et sonne l'heure d'une véritable prise de conscience internationale : les talibans sont donc une menace ! Au début, je suis énervée par l'émoi général. Les Japonais sont offensés ? Je le comprends. Mais l'Occident ? Qu'est-ce qui se joue ici ? Les bouddhas font partie du patrimoine de l'humanité. Cette notion de « patrimoine commun » est-elle donc si forte ? Les images de femmes lapidées dans le stade de Kaboul le sont-elles moins ? Il aurait fallu classer la femme au patrimoine de l'Unesco, on aurait gagné du temps. L'Occident s'indigne de l'attaque portée aux symboles de l'Orient. La globalisation symbolique est en avance sur la prise de conscience de l'intrication géopolitique. Massoud est très ému, comme la plupart des Afghans d'ailleurs. C'est une partie de l'histoire de notre pays qui disparaît, un souvenir de la place qu'occupait l'Afghanistan sur la route de la soie entre la Chine et l'Inde. Puis, je me rends compte qu'il y a une autre raison à cette émotion : c'est la dimension du « sacré » qui est attaquée ici. Cela m'apprend une chose : une fonction essentielle du sacré est de faire résonner en l'homme une fibre dure à toucher par tous les autres moyens. Massoud est un croyant, c'est naturel pour lui. Et l'Occident ? Il faut croire qu'il croit encore en quelque chose. Les talibans voulaient faire une démonstration de force en détruisant les pierres sacrées d'une autre civilisation. Des fanatiques arrogants s'attaquant à une croyance étrangère. Sans doute leur plus grande erreur tactique. Ils ont réveillé l'inconscient européen, percé l'épaisse couche de sécularisation et se sont révélés tels qu'ils sont : des vandales de l'humanité.

21

Quelque chose est en marche. En réaction à la chute des bouddhas, le magazine *Elle* décide de consacrer sa une aux femmes afghanes. Ce numéro spécial est initié par Valérie Toranian, récemment nommée rédactrice en chef, soutenue dans cet objectif par Anne-Marie Perrier, à qui elle succède à ce poste, et par la reporter et éditorialiste Marie-Françoise Colombani. Ce « coup de sang » des femmes de *Elle* est aussi un pari éditorial risqué. L'hebdomadaire n'a jusqu'alors jamais « fait » sa couverture avec un sujet d'actualité internationale. Le « spécial femmes afghanes » paraît. C'est une des meilleures ventes de l'histoire du magazine et son impact est saisissant tant il réussit à attirer l'attention du public et des institutions sur la sauvagerie des talibans.

Pour ce numéro, *Elle* a, bien sûr, besoin du témoignage d'Afghanes et, dans ce but, la rédaction prend contact avec Masstan à l'ambassade, lequel ne cesse de leur répéter à quel point il est dommage que je sois dans le Panshir. Dès mon retour, je me retrouve donc, très impressionnée, à une réunion de travail avec Valérie et Marie-Françoise. Elles souhaitent enfoncer le clou en organisant une rencontre à Douchanbé entre des Françaises de pouvoir (femmes politiques, intellectuelles) et des réfugiées afghanes. Cela me rappelle l'initiative de Negar mais le poids du magazine change radicalement la donne. En quelques semaines, je bascule littéralement dans un autre monde. L'aide du journal et la motivation de mes nouvelles alliées me dotent d'un sésame. Nous appelons le bureau de Nicole Fontaine, la présidente du Parlement européen. Son chef de cabinet, Jacques Nancy, nous dissuade de réitérer un voyage au Tadjikistan : « Vous aurez beaucoup plus d'impact sur l'opinion si vous parvenez à faire venir témoigner des Afghanes à Paris et à Bruxelles. »

Nous suivons son conseil et, quelques semaines plus tard, trois femmes en tchadri bleu que nous avons réussi à faire sortir de Kaboul prennent la parole au journal de 20 heures, au Sénat, à l'Assemblée nationale et au Parlement européen. Leur dénonciation des agissements des talibans émeut aux larmes leurs différents auditoires.

Quelque chose est en marche. Il y a un mois, je devais épeler le mot Afghanistan à mes interlocuteurs. Tout à coup, le ministère des Affaires étrangères m'appelle pour savoir si j'ai besoin d'aide pour les visas, les plus hauts fonctionnaires français et européens répondent à mes appels dans la journée, toutes les personnes que je rencontre semblent concernées par le sort des femmes de mon pays.

Un pic d'intérêt médiatique ressemble à une puissante vague. Les talibans ont créé la secousse en vandalisant les bouddhas, le journal *Elle* a levé une lame de fond contre eux dans l'esprit du public. D'un point de vue personnel, cette aventure change tout dans ma vie. Elle fait entrer l'Afghanistan dans le cœur de mes amies françaises, et je trouve en leur présence la douceur d'une seconde famille et la force d'une légion.

22

Avril 2001. La venue de Massoud en Europe se concrétise. Masstan me tient à l'écart, parce qu'il craint de commettre une erreur protocolaire en impliquant une femme dans une délégation strictement masculine. Deux jours avant l'arrivée d'Amer Saheb, Masstan doit bien reconnaître que ses lacunes en français sont un handicap : il me demande de m'occuper des communiqués de presse et de négocier avec les rédactions des journaux télévisés. Pour des « raisons de sécurité », je dois travailler sans savoir précisément quand et où Massoud atterrira…

La situation est simple : l'initiative repose sur l'idée de donner à cette visite la portée d'un voyage de chef d'État et, quarante-huit heures avant le lever de rideau, nous n'avons aucun programme.

Il n'y aura pas d'invitation au 20 heures. Pas plus de rencontre avec Jacques Chirac. Massoud a choisi la France, mais la France ne veut pas montrer qu'elle le choisit. Seul le ministre des Affaires étrangères, Hubert Védrine, a le courage de lui accorder un rendez-vous. L'escale parisienne est une déception. Heureusement, Nicole Fontaine lui a envoyé une invitation au Parlement européen. Un homme proche d'elle est pour beaucoup dans cette décision : le général Philippe

Morillon. Quelques mois plus tôt, il s'est rendu dans le Panshir pour rencontrer Massoud avec un groupe d'hommes et de femmes politiques, dont Nicole Kiil-Nielsen[1]. Avant de partir, il avait appelé l'ambassade pour prendre quelques renseignements. Naïvement, je lui avais dit qu'il avait beaucoup de chance de rencontrer Amer Saheb. Il m'avait répondu :
– Vous savez, ma petite, cela fait bien longtemps que je ne suis plus impressionné par personne.

À son retour, il était passé me voir à l'ambassade, pour me faire l'éloge du commandant.

– Mon général, je croyais que vous n'étiez plus impressionné par personne ?
– Eh bien, disons que ce sera la dernière fois.

Il s'était penché vers moi et avait ajouté :
– À vrai dire, personne ne m'a jamais autant impressionné.

Le 5 avril, Nicole Fontaine va accueillir elle-même Massoud à l'entrée du Parlement européen, commettant ainsi volontairement une entorse au protocole – c'est un privilège réservé aux chefs d'État. Mais cette femme remarquable a pris un parti clair : elle veut dénoncer « les atteintes répétées de la part des talibans contre les droits fondamentaux et la dignité de la personne humaine ».

Au Parlement, Massoud essaie de convaincre la communauté internationale de faire pression sur le Pakistan, l'Arabie Saoudite et les Émirats arabes unis pour couper toute aide financière ou logistique aux talibans. Il va répéter le même message au Conseil de l'Europe à

---

1. Nicole Kiil-Nielsen est une députée européenne écologiste française, très engagée dans la lutte pour les droits des femmes à travers le monde.

Strasbourg, où il prononce cette exhortation tristement prophétique : « Si le président Bush et les pays européens ne nous soutiennent pas, nous, les Afghans, qui sommes en train de faire le bouclier humain contre la propagation du terrorisme international, ce qui arrive aujourd'hui chez nous arrivera demain dans vos pays. » Il aura suffi de six mois pour que le monde découvre qu'il avait raison. Nicole Fontaine, elle, le prend immédiatement au sérieux et s'engage, dès la fin de sa conférence, à convoquer les ambassadeurs des trois pays désignés pour traiter du sujet. Du jamais-vu.

Quelque chose d'autre s'est produit à Strasbourg et à Paris. Des centaines d'Afghans se sont déplacés du monde entier pour assister aux conférences de presse de Massoud. Mon amie Hassina et son mari Omar Samad ont fait le voyage depuis les États-Unis. L'adoubement européen a tout simplement transformé Massoud en chef d'État. Son titre n'est inscrit dans aucune constitution, mais cette nouvelle légitimité internationale est prégnante. Aujourd'hui, tout le monde s'accorde d'ailleurs à dire que c'est précisément ce qui a provoqué sa perte.

23

En avril 2001, la cagnotte sous le bras, me voilà repartie pour le Panshir. J'embarque avec moi une amie photographe, Aida Tawil, et Pascale Bastide qui travaille depuis quelque temps à l'ambassade à Paris. Comme je ne trouve pas de billets pour le Tadjikistan, je décide qu'on ira en Ouzbékistan, et qu'on se débrouillera sur place pour rejoindre le Panshir. À Francfort, on me demande si nous avons des visas, j'explique qu'on se les fera faire à l'arrivée. Les douaniers allemands sont sceptiques, mais ils nous laissent embarquer. L'avion est un nouvel épisode cocasse. L'hôtesse de l'air, qui nous a placées au premier rang, nous demande au décollage de maintenir un mur de bagages avec nos pieds. Une fois la vitesse de croisière atteinte, j'appuie sur le bouton de mon dossier et me retrouve la tête sur les genoux du passager assis derrière moi : ses narines dilatées et fort poilues m'expriment éloquemment sa surprise et son mécontentement. Lorsque nous atterrissons à Tachkent à une heure du matin, nous nous faisons immédiatement arrêter par la police qui veut nous remettre dans le premier avion pour la France. Je suis effondrée. Non seulement le voyage est un échec, mais il va me falloir repayer des billets. Mon amateurisme me fait honte (amateurisme si prononcé qu'il ne me vient même pas à l'idée qu'un billet de cent dollars glissé aux policiers résoudrait l'affaire en quelques secondes et avec les formules de bienvenue en prime). J'explique au grand commandant moustachu qu'il faut que j'aille voir Massoud. Il explose de rire. J'exige auprès de l'interprète militaire un accès à un téléphone et je préviens que rien ne nous fera quitter l'aéroport tant que l'on n'aura pas accédé à mes demandes. Mon culot nous sauve. Encore une fois, l'incongruité de la situation les pousse au doute : soit je suis une folle… soit une femme très importante pour leur parler de cette manière. Me laisser téléphoner doit leur paraître une solution acceptable pour en avoir le cœur net. Je compose vingt fois le numéro de Massoud sans succès. Je finis par tomber sur son secrétaire à qui je dis que nous sommes à Tachkent, sans visa, et retenues par des policiers moustachus. Il répond simplement : « Hachemi, ah, c'est vous ? » Il n'est pas étonné que je sois empêtrée dans une situation ridicule. Je l'entends parler à Massoud. « Ne bougez pas de l'aéroport, on vient vous chercher dans quinze minutes. »

Quinze minutes plus tard, et pas une de plus, deux hommes font irruption dans le hall et s'avancent vers nous : un jeune Ouzbek visiblement tiré du lit, débraillé et les cheveux hirsutes, accompagné d'un énorme Afghan répondant au nom d'Asham et se faisant connaître comme le représentant de Massoud à Tachkent : « Ma sœur, donnez-moi vos passeports, nous allons vous conduire à la maison. » Il les passe au jeune homme, qui nous salue très cérémonieusement et les tend au policier moustachu avec un regard haineux. Une vive discussion éclate entre eux. Il est clair que le policier est terrorisé et qu'il essaie d'expliquer qu'il n'y est pour rien – ce qui est la stricte vérité. L'envie me prend presque de le défendre contre ce jeune type agressif. Je me retiens, ce qui pour une fois se révèle une bonne initiative de ma part puisque nous apprenons quelques instants plus tard, dans la voiture, que ce jeune homme est le vice-ministre des Affaires étrangères d'Ouzbékistan.

La berline diplomatique nous laisse devant le Diplomatic Hotel. Asham nous explique qu'Amer Saheb nous fera envoyer le lendemain une voiture pour nous conduire à Douchanbé. Nous voici dans une grande chambre aux murs défraîchis où de la boue coule des robinets. Le pays ne reçoit plus beaucoup de diplomates étrangers, et encore moins de touristes, depuis longtemps. Après une courte nuit de sommeil, je descends à la réception, je règle la chambre et salue Asham qui nous attend. Je lui demande à quelle heure nous partons. Il se lance alors dans des considérations fumeuses sur le temps et la notion de « lendemain », qui n'a pas le même sens ici qu'en France... Je le prie de m'amener à son bureau. Sur place, je fais la connaissance de ses aides et réitère ma demande. Ils ont tous l'air affreusement gênés. Je comprends assez vite la source de leur embarras : même si Massoud a donné l'ordre de nous acheminer, il reste à payer la voiture et le chauffeur. Soit. Mais je veux savoir qui d'entre eux va se joindre à nous, et les voilà encore plus défaits. Ils évoquent à demi-mot un voyage trop dangereux, le banditisme sur les routes, leurs familles à charge... Je les soulage en les interrogeant sur le coût du transfert et en leur faisant comprendre que nous nous débrouillerons sans aide. Après quelques recherches, on trouve un vieux chauffeur afghan qui travaille souvent avec l'ambassade. L'ancêtre (il n'a que soixante-cinq ans, mais il en paraît beaucoup plus) nous conduira dans la Lada de son fils qui, lui, a trop peur pour entreprendre le voyage. Il n'y a pourtant qu'une journée de route.

Au bout de deux heures sur des chemins pierreux, les douaniers essaient de nous rançonner, mais je tiens bon et leur hurle dessus en persan. Le vieux chauffeur est terrorisé par mon éclat mais ça marche et les douaniers nous laissent passer, en jouant les grands seigneurs pour ne pas perdre la face : « Exceptionnellement, parce que c'est vous, par respect pour votre combat, etc. »

Au crépuscule, nous arrivons sans plus d'émotions à Douchanbé. À l'ambassade d'Afghanistan, je retrouve mon ami Saleh qui avait voulu m'offrir du thé plutôt qu'un passage en hélico. Pour lui et son équipe, je suis devenue une figure familière. Ils n'en reviennent pas que nous ayons fait la traversée depuis Tachkent, cette équipée ajoute à ma petite réputation de bourlingueuse que je commence à savoir tourner à mon avantage pour compenser mes maladresses et mes manquements. Dans les années à venir, je découvrirai à quel point cette arme est à double tranchant.

Deux jours plus tard – il nous a fallu respecter l'étape de ravitaillement à Khoja Baodin – nous voici de retour dans le Panshir. Une escorte de trois hommes se dirige vers nous. On dirait une délégation officielle et, contre toute attente, c'est exactement ce dont il s'agit. Les trois hommes qui s'approchent de nous ne portent pas des vêtements traditionnels, mais des pantalons beiges et des chemises.

– Bonjour, nous sommes du ministère des Affaires étrangères, quels sont vos intentions et votre programme ?

Nous restons muettes, il ne faut pas que je rie. Difficile dans des circonstances aussi surréalistes. Les visiteurs venus de l'étranger sont rares et ces messieurs ne veulent pas commettre d'impair. Leur bonne volonté est évidente, mais ils ne parviennent pas à cacher que, pour eux aussi, la situation est plus qu'insolite. Si Massoud a dit oui à notre transport en hélicoptère, c'est que nous sommes importantes, si nous avons pris le risque de monter à bord du cercueil volant, c'est que nous avons quelque chose de rudement important à faire ici. S'ils ont la politesse de ne pas laisser paraître leurs doutes, la moindre des choses est que nous n'étalions pas les nôtres. Alors, je passe à l'attaque :

– Ah non, c'est pas comme ça que ça va se passer. C'est à vous de nous dire ce qu'on doit faire. Et d'abord, il est où Amer Saheb ?

Je surprends le commentaire que l'un des hommes glisse à l'oreille d'un autre :

– Elle est pas commode celle-là.

Accompagnées par notre escorte, nous atteignons Dashtak. Nous nous garons devant une maison aussi simple que les autres, mais entourée d'un jardin enchanteur où fleurissent les mûriers et les abricotiers. Il s'agit de leur ministère.

L'intérieur est divisé en trois pièces : deux sont destinées à accueillir les étrangers, la dernière est un bureau spartiate équipé d'une grande table en bois, d'un téléphone satellite, d'un tampon et d'une photo de Massoud.

Nous informons les hommes du ministère que nous voulons visiter les camps, et nous partons sans plus de formalités. Il fait beau, je suis contente de marcher et il est impossible de se perdre ici : quelle que soit la destination, c'est toujours « tout droit en suivant le fleuve ». Nous n'avons pas fait deux cents mètres qu'une jeep s'arrête à côté de nous, et que nos amis nous implorent de grimper. « Montez, montez, vous ne pouvez pas arriver là-bas à pied, cela serait indigne et montrerait que nous ne nous sommes pas occupés de vous correctement. »

Une bonne surprise nous attend. L'école que nous avons financée est opérationnelle : les tentes sont montées et huit instituteurs (des hommes qui savent lire et écrire) donnent cours à quatre-vingts gamins. Les bouquins tournent, il y a un cahier pour deux. Les enfants peuvent faire leurs devoirs le soir à la lumière d'une ampoule, l'installation de l'électricité est un bouleversement pour tout le camp : une roue a été montée dans la rivière, une dynamo produit le courant. C'est un système simple qu'il va falloir répliquer dans plusieurs villages. L'association s'engage à lever des fonds pour cela aussi.

J'essaie de retrouver la trace de la femme à l'enfant mort, malheureusement personne ne sait ce qu'elle est devenue. Malgré l'émotion de voir la première école en activité, je suis gagnée par un immense chagrin. J'aurais voulu parler avec cette femme, j'ai mille fois imaginé nos retrouvailles, je lui aurais dit : « Tu vois, on ne t'a pas oubliée, on a travaillé pour exaucer ton vœu. » Je lui aurais donné les vêtements d'enfant qui me paraissent tout à coup bien lourds dans le sac qui pend au bout de ma main.

Les hommes du ministère voient bien que quelque chose ne va pas. Ils doivent deviner que ma peine n'a rien à voir avec l'école, les projets, parce qu'ils ne me posent pas de questions. Ici, on n'évoque que les soucis qui ont une solution ; les autres, la tristesse, la mémoire des morts, restent une conversation entre soi et Dieu.

On se met au travail. Il nous faut faire le bilan des besoins pour que l'école s'installe dans la durée. La situation globale des camps s'est améliorée, mais il y a beaucoup de maladies, au premier rang desquelles la malaria. L'hygiène n'est pas bonne, le taux de mortalité infantile beaucoup trop élevé et la malnutrition guette la population. Ma petite association est sollicitée dans tous les domaines. On s'adresse à moi sans pression, mais toujours avec l'idée que je vais pouvoir apporter une solution. Ils savent que c'est dur, que ça prend du temps, mais si Massoud m'a choisie, c'est que j'en suis capable. Pour eux c'est une évidence, pour moi une obligation de résultat. Mais le décalage permanent entre les attentes et ma position sociale se creuse : on me parle comme à un responsable politique et moi, je traduis dans ma tête chaque nouvelle demande en dîners à organiser, en spectacles à monter pour récolter des fonds. Les histoires qui circulent sur ma débrouillardise et mon culot font croire à de nombreuses personnes que je suis capable de les aider. Face à cette attente, je dois lutter contre ma peur de n'être, au final, qu'une jeune femme débrouillarde et culottée. D'autant que la cause pour laquelle nous luttons déjoue en théorie tout pronostic optimiste : l'Afghanistan a un des plus faibles taux d'alphabétisation du monde, à peine 10 % des femmes d'âge adulte savent lire et écrire. Sous le régime des talibans, toutes les écoles de filles ont été fermées et l'éducation interdite aux femmes. Il ne reste que quelques écoles pour garçons en fonctionnement dans le pays et la plupart sont en fait des madrasas (des écoles coraniques où l'enseignement se limite à l'apprentissage par cœur de versets du livre sacré – avec une nette prédilection pour ceux qui parlent de batailles et de martyrs).

Après une semaine sur le terrain, je suis convoquée par Massoud. Je le retrouve dans la même maison que la dernière fois. Il me demande un rapport complet de mes démarches à l'ambassade auprès de la diaspora. Il insiste sur l'importance de cette communauté pour le combat. Je ne lui mens pas sur le nombre somme toute restreint des participants à nos réunions ; il se montre rassurant, voulant voir dans ces premiers contacts une avancée positive. Chez Massoud, l'optimisme est une arme, le volontarisme, une tactique de combat. Il est fier de ses progrès dans son grand projet de réconciliation nationale ; de plus en plus d'anciens communistes rejoignent son camp. Se réconcilier pour légitimer l'ambition à représenter le pays, instruire pour préparer la reconstruction, convaincre la diaspora pour disposer de relais d'opinion à l'étranger… : d'un ton doux et sur le mode de la conversation la plus libre, Massoud plante les jalons de ce qui ressemble de plus en plus à un programme pour le pays.

– Il faudrait maintenant que nous lancions un chantier important. Je pense à un lycée pour filles, le premier dans le Panshir. Un vrai lycée, en dur.

Mon cœur fait un bond dans ma poitrine, je parle sans réfléchir : « Choisissez le terrain et je m'occupe du reste. » Souriant et réfléchi, il répond : « D'accord, je donne le terrain, tu t'occupes du reste. » Il me dit que ce serait bien de le construire à Hanaba, qui est le premier grand village lorsqu'on entre dans la vallée et qu'ainsi, les filles vivant de l'autre côté du Tangy pourraient venir en classe. Il propose que nous nous y rendions dès le lendemain afin de poser la première pierre. Comme ça, il n'y aura plus que « le reste » à faire.

De son côté, tout est réglé avant le coucher du soleil. L'emplacement est précisé, le conseil des anciens a été réuni, tous les villageois ont été informés, l'« ingénieur » a déjà fait quelques croquis.

Le lendemain, nous voilà en route. Je lui ai suggéré que l'on nomme le lycée Malalaï, parce que cela me rappelle mon enfance à Kaboul, mais surtout parce que c'est le nom d'une héroïne pachtoune, et que la valeur symbolique est fédératrice. Il accepte. Sur les lieux, un joyeux attroupement nous accueille : des gamins dans leurs plus beaux habits, des vieux messieurs comme à la parade, même le mollah du village est au garde-à-vous. Chacun a une suggestion à faire, tous sont prêts à poser pour les photos. Je découvre les premiers plans du lycée de vingt classes pour lequel je me suis engagée à trouver le financement. Amer Saheb me fait participer, comme il l'avait dit la veille, à la pose de la première pierre. Je suis transportée et enfin, le vertige me gagne face à la tâche à accomplir. Nous avons budgété le chantier à cinquante mille euros. Il en coûtera trois cent mille.

24

— Voilà, vous avez vu les plans. Nous avons les ingénieurs, les maçons, tous les ouvriers, les professeurs… Bientôt, si vous nous aidez un peu, un lycée francophone accueillera sa première promotion aux portes du Panshir.

J'ai obtenu ce rendez-vous au ministère français des Affaires étrangères au bout de quelques jours de harcèlement téléphonique. Mes amis m'ont convaincue que, cette fois, je ne m'en sortirai pas avec mes soirées, mais que j'ai besoin de subventions. Je suis enfin devant le bon interlocuteur, au bureau spécialisé sur l'Afghanistan et l'Asie. Mon dossier est bon, il va dans le sens du rayonnement de la France, nous allons apprendre à parler français à la génération de femmes qui bâtira l'Afghanistan en paix.

— Mademoiselle Hachemi, il y a une chose que je ne trouve pas dans votre dossier…

— Ah ? Dites-moi ?

— Les tests anti-amiante, c'est très important, vous savez ? Parce qu'une subvention, c'est l'engagement de la France.

— Parce qu'à part ça, vous êtes d'accord pour nous aider ?

— Euh, non, nous n'en sommes pas là. L'amiante d'abord.

Je ramasse mes dossiers en contrôlant ma déception, mais moins bien la pointe d'irritation qui me pousse à lui lancer avant de sortir de son bureau :

– Dites, c'est très, très grave l'amiante, mais notre problème, c'est plutôt les roquettes. Vous avez des tests anti-roquettes ? Non ? C'est dommage. Au revoir, monsieur.

En sortant du ministère, je file à l'hôpital Antoine-Béclère retrouver maman. Elle y passe tellement de temps qu'à chaque nouvelle arrivée aux urgences, son admission prend des allures de caravane, son dossier remplissant deux chariots poussés par des aides soignantes à sa suite dans les couloirs.

Je me prépare à un tombereau de reproches, car j'arrive les mains vides. Maman voudrait que j'apporte des cadeaux aux infirmières à chaque visite. D'une part, parce que c'est la façon afghane de faire, mais aussi parce qu'elle se sent mal considérée par le corps médical. Il est vrai que sa mauvaise maîtrise du français agace parfois les infirmières ; et dans cette irritation ponctuelle qu'elle ressent à son égard, maman trouve un sujet bien plus profond et bien moins légitime de se sentir blessée : en parfaite bourgeoise kaboulie, elle ne supporte pas qu'on la prenne pour une Arabe. Elle est une caricature de la Marie-Chantal française, combinant une dose de xénophobie et deux mesures de racisme de classe. Inutile de lui faire remarquer qu'une Afghane, réfugiée politique, déclassée, vivant dans un appartement modeste de Châtenay-Malabry, prête un peu au ridicule quand elle prend des airs d'aristocrate. Maman se voit encore en veuve de gouverneur et, pour elle, on ne confond pas la Perse et le Maghreb. J'ai souvent essayé de lui faire remarquer que les Iraniens snobent les Afghans comme les Afghans snobent les

Arabes ; j'ai essayé de lui rappeler que si papa aimait tant la France, c'est qu'elle réfutait dans ses principes ce genre de hiérarchie, mais il n'y a rien à faire. Aujourd'hui, après la litanie de reproches et la liste des foulards et des denrées alimentaires dont il faudra que je me munisse la prochaine fois, elle m'explique qu'on lui a demandé ce qu'elle voulait manger et que dans les menus proposés, il y avait du *landy*, un succulent plat de viande afghan. Elle a pris comme une vexation qu'on lui apporte à la place une platée verdâtre de lentilles, et ce simple imbroglio sur une homonymie lui donne l'occasion de s'indigner :

– Nous sommes une famille importante d'un pays important et on me donne de la nourriture de pauvre. Et après, un monsieur arabe m'a dit des choses obscènes. Je me suis plainte auprès du chef de service et on m'a ri au nez.

J'en rirais moi aussi si je n'avais pas honte : un charmant voisin de chambre, la voyant froncer le nez, lui a proposé de partager son couscous. Il est vrai que *kous*, en persan, désigne en terme familier le sexe de la femme. Mais maman croit-elle vraiment qu'elle inspire le désir, vieille et affaiblie sur son lit d'hôpital ? Et est-elle aussi naïve dans ses incompréhensions linguistiques qu'il y paraît ? Il n'y a pas si longtemps, choquée par une remarque, je lui ai demandé ce qu'elle avait contre les femmes arabes, et elle m'a répondu avec un sourire hautain qui ne plaidait pas en sa faveur : « Rien du tout, mais ces youyous, ça n'a rien à voir avec nous, quand même. » Au-delà de l'énervement que j'éprouve face à ce comportement chez quelqu'un que j'aime autant, cela me ramène à une tare de mon pays : les rivalités ethniques, les clans, les tribus, les classes sociales étanches, le mépris communautaire.

Ces faiblesses nous ont déjà tellement coûté, et elles restent un obstacle majeur à la construction de ce grand Afghanistan moderne pour lequel je me bats. Sans avoir aucune illusion sur les problèmes réels de la France avec l'intégration des populations immigrées, je n'ai personnellement jamais souffert du racisme comme j'ai souffert de la misogynie au sein de ma famille, et dans le domaine du rejet de l'autre, c'est encore dans les sphères de la bourgeoisie de Kaboul que j'ai entendu les pires réflexions. Le mépris pour les Hazaras[1], par exemple, se verbalise avec autant de haine et de mépris que l'antisémitisme des années les plus noires de l'Europe. Enfant, auprès de mes institutrices communistes, j'avais été séduite par cet appel à la transformation de la nation en une entité unie. En attendant que ce miracle se produise, j'ai un lycée à construire.

1. Peuple d'origine mongole, représentant environ 12 % de la population afghane.

25

Valérie Toranian et Marie-Françoise Colombani ont décidé de continuer à s'investir de manière régulière pour la cause afghane et me proposent une nouvelle idée de sujet : interviewer la femme de Massoud.

« Mme Massoud ! En Afghanistan, on ne la voit pas ! Même les frères de Massoud ne la rencontrent pas. Ce ne serait pas convenable. On ne prononce pas son prénom. En fait, on ne parle pas d'elle en public, ni en réunion, ni devant son mari. Ce ne serait pas convenable. L'interviewer, c'est vraiment une idée de journaliste parisienne : une idée pas convenable. »

Je garde ma première réaction pour moi. Je crains que la sympathie de mes nouvelles alliées pour Amer Saheb n'en prenne un coup. Massoud est un progressiste certes, mais, dans le domaine de la vie privée, un progressiste afghan n'équivaut même pas à un réactionnaire français. Et puis, une autre part de moi pense que c'est une excellente idée – la part française, sans doute. Cela pourrait être une vraie histoire de femme. Aucun explorateur, aucun grand reporter, aucun spécialiste de l'Afghanistan n'a jamais pu approcher mon pays par le prisme de la féminité. Parler de ces années de guerre en donnant la parole aux mères, aux épouses, aux sœurs, aux filles... Aucun homme n'aurait pu en rêver. Aucun, mais nous ? Peu convenable, mais pas impossible !

À l'ambassade, je préfère ne pas évoquer ce projet. Je ne crois pas beaucoup à nos chances de succès et je me dis que dans le pire des cas, Marie-Françoise repartira avec une interview de Massoud. En soi, c'est déjà beaucoup, si peu de journalistes s'aventurent dans le Panshir. J'ai d'ailleurs peur pour elle. Je n'ai pas affaire à une débutante, je sais qu'elle mesure parfaitement les risques et j'ai déjà pris la responsabilité d'amener des journalistes ou des photographes sur le terrain ; mais voilà, Marie-Françoise est devenue mon amie.

Si je me protège de la peur par une forme d'insouciance, je découvre rapidement que Marie-Françoise, elle, pratique la dérision comme un sport de combat. Dans l'avion de la Tajikistan Airlines qui nous amène de Francfort à Douchanbé, tout l'amuse : les sièges défoncés, les ceintures déglinguées, et les hôtesses russes maquillées comme des voitures volées. Le lendemain, quand elle embarque dans l'hélico maudit, c'est l'apothéose :

– Tu avais exagéré, Chékéba, c'est très joli les couvercles d'huile d'olive pour obturer les trous. Et puis, il y a un parachute. Un parachute pour quinze, c'est déjà bien, non ?

Une famille monte à bord. Nous éclatons de rire en les voyant s'en emparer avec le plus grand naturel et le déplier pour s'en faire un tapis.

– D'un certain côté, cela me rassure, dit-elle. Si on s'écrase, aucune chance de se retrouver dans une chaise roulante, et pas de dépouille à rapatrier : je ne serai pas une charge pour mes enfants.

J'aime sa façon d'exprimer son inquiétude. La photographe américaine qui nous accompagne n'a, elle, aucun goût pour les plaisanteries et les bidons d'huile…

À l'arrivée nous attend Anne-Marie von Arx. Cette députée suisse avait été une des rares femmes invitées en 1999 par le maire taliban de Kaboul pour une visite digne des grandes mises en scène staliniennes. Dès son retour, elle avait publiquement dénoncé le régime et s'était imposée comme une activiste de premier rang. Ayant appris l'existence d'Afghanistan Libre, elle m'avait proposé d'en créer une branche suisse. Accompagnée d'un pédiatre, d'une traductrice et d'un journaliste, elle vient cette fois sur le terrain pour trouver un projet auquel consacrer les fonds qu'elle a levés.

Dès le premier jour, elle nous épate : à six heures du matin, notre très jolie députée s'est pomponnée et apprêtée comme si elle se rendait au Parlement, et c'est vrai qu'elle a fière allure dans son foulard orange. Ayant son propre traducteur, elle se débrouille de son côté. Marie-Françoise et moi partons visiter les écoles créées grâce à l'association.

Le soir, c'est une Anne-Marie enthousiaste que nous retrouvons dans la maison du beau-père de Massoud : elle a décidé d'ouvrir un orphelinat dans la vallée du Panshir.

Je lui explique avec pédagogie que dans les campagnes, il n'y a pas de culture de l'accueil des orphelins, que les enfants sont toujours placés dans des familles de proches, et qu'ils sont considérés comme une aide au labeur. Anne-Marie m'écoute avec beaucoup d'attention et un profond respect pour ma connaissance de la culture afghane, puis elle me confie qu'elle a déjà parlé avec les villageois de Qalacha, repéré une grande maison disponible, identifié une vingtaine de petits garçons considérés comme des charges et rencontré une veuve dans le besoin qui serait ravie de faire tourner la maison. Bref, tout est prêt et je n'aurai qu'à l'accompagner le lendemain pour assurer, au démarrage de la mission, le lien « culturel ». Jeu, set et match pour la Suisse !

Tôt dans la matinée, nous nous rendons au village et réunissons tout le monde pour mettre au point les derniers détails. Nous sommes soudain entourés d'une horde de gamins dont les aînés veillent avec le plus grand sérieux sur les plus petits. Dans la bande, une fillette de quatre ou cinq ans a la charge d'un bébé qu'elle porte dans ses bras. Le pédiatre qui nous accompagne la remarque aussitôt et me fait signe de lui demander de s'approcher. Il l'examine. Son œil droit est purulent et verdâtre. Il diagnostique une cellulite de l'œil, puise dans sa mallette trois comprimés et me demande de bien lui expliquer d'en prendre un chaque matin. Trois jours plus tard, lorsque nous reverrons cette petite fille gambadant avec le bébé, le pédiatre nous expliquera que cette maladie est mortelle et que nous venons de lui sauver la vie. Trois comprimés pour sauver une vie. Ou plutôt un médecin, trois comprimés, et un bon intermédiaire pour avoir la confiance des villageois… Me voici confortée dans l'idée que les actions locales sont utiles. Des microprojets à tout petits budgets peuvent avoir de grands effets si l'on considère que chaque vie est précieuse.

Anne-Marie voudrait lancer immédiatement son projet. Je demande l'accord de Massoud, qu'il nous donne aussitôt. Dans l'heure, les habitants de la maison choisie déménagent, trop heureux du loyer inespéré que va leur payer l'association. Anne-Marie est aux anges et planifie déjà les travaux nécessaires à la transformation de la maison de torchis en orphelinat modèle. Elle réussit à combiner son chantier express et une tournée médicale avec son pédiatre. Marie-Françoise et moi continuons notre visite des projets d'Afghanistan Libre. La photographe américaine ne cesse de demander quand elle pourra immortaliser Massoud et sa femme. Son matériel est plus adapté à la réalisation de portraits Harcourt qu'au reportage ; son appareil à chambre d'obturation nécessite un quart d'heure d'installation, et nous nous désolons de la voir rater des scènes de vie extraordinaires qui nous semblent autrement plus intéressantes pour la cause que les trophées qu'elle espère rapporter.

Vers le début de l'après-midi, un attroupement bruyant au cœur d'un village attire notre attention. Des voitures arrêtées sur une route, des passants fascinés et, au centre de toute cette attention, Anne-Marie, accroupie, face à trois petits vieux qui lui déballent des mètres et des mètres de tissu. Elle s'est mis en tête qu'il faut des rideaux orange pour son orphelinat, « parce que orange, c'est chaud et joyeux », et tous les vendeurs du coin se sont mis en tête qu'il ne fallait pas perdre l'affaire. Elle est contente de me croiser : il faut qu'elle déniche une couturière capable de préparer les rideaux en deux jours. Je tente de lui faire remarquer que les enfants ont besoin de confort et d'hygiène, mais peut-être pas d'autant de raffinement esthétique. Sa réponse est imparable : « Quand je rentre chez moi, je suis contente de trouver un endroit clair et gai. Pourquoi eux n'y auraient-ils pas droit ? » Je la quitte, admirative. Cette femme, avec son insouciance et sa volonté, va réussir à créer un orphelinat fonctionnel, confortable et « gai » en quatre jours.

Le lendemain, j'ai rendez-vous avec Massoud, au bureau des Affaires étrangères. Contre toute attente, dès que j'entre dans la pièce, il demande à tout le monde de nous laisser. Je suis gênée. Son aide de camp, Rahim, est le seul à ne pas obtempérer. Massoud veut savoir comment s'est passé un meeting à Londres, auquel il m'avait demandé d'assister. Il avait confié à un de ses frères la charge de réunir une centaine de membres importants de la diaspora afghane susceptibles de contribuer à la reconstitution du pays après la guerre. Des anciens ministres, des écrivains, des hommes d'affaires avaient répondu à l'appel pour débattre d'institutions, de développement économique, d'éducation… Massoud a eu entre les mains un rapport très officiel, mais il voudrait connaître mes impressions.

– Je suis un peu déçue. Il me semble que vous ne pourrez pas compter sur grand monde.

– Qu'est-ce qui te fait dire ça ?

J'hésite à lui répondre, mais il insiste. Le deuxième jour de la réunion, j'avais réalisé que tous les participants s'étaient fait payer leur billet d'avion par la caisse de l'ambassade d'Afghanistan à Londres (l'autre point commun de tous ces gens étant leur aisance financière). Le troisième jour, j'avais pris la parole et posé sur une table une boîte en carton dans laquelle je leur avais proposé de déposer l'équivalent du prix de leur billet, dans le but que le pactole soit confié à l'un des membres chargés d'acheter et d'acheminer des vivres et des médicaments pour les réfugiés. Sur quatre-vingt-cinq personnes, trois avaient répondu favorablement à l'initiative. Cet épisode avait été ma première grande désillusion sur l'Afghanistan. Aujourd'hui, quand je croise dans les bureaux des ministères à Kaboul l'un des participants à cette conférence, je suis amusée de constater que c'est un autre événement qui a marqué leur mémoire : mes fautes d'accord en persan. Ils ont l'élégance de me les rappeler avec beaucoup de mansuétude.

Je raconte l'anecdote à Massoud, me plains que si la solidarité s'arrête au porte-monnaie, nous n'irons pas très loin. D'autant que la conférence a coûté cher à organiser. Il écoute, fait un geste fataliste de la main :

– Alors, tout cet argent a été dépensé en vain ?

Je lui réponds que j'en ai la triste impression. Il me sourit et dit :

– Il faut insister. On gagnera la guerre avec les moudjahidines, mais on ne réussira pas à construire un pays sans la diaspora.

J'aborde ensuite le sujet de la venue de Marie-Françoise. Je me lance dans une périphrase particulièrement fumeuse, introduisant le fait qu'elle a une demande « un peu spéciale ». Agacé, il essaie d'obtenir une explication précise, mais je repars dans des circonlocutions sur le poids des médias, l'importance d'un journal féminin... Il surprend un de mes regards gênés vers son aide de camp, se tourne vers lui et lui lance :

– Oh, *batcha*[1], t'es encore là ? T'as pas compris que je t'ai demandé de sortir ?

Rahim me lance un regard noir en sortant de la pièce. Je reprends mes acrobaties, Massoud commence à s'en amuser. Alors, j'entre finalement dans le vif du sujet :

– Il faut que « la famille » parle.

En Afghanistan, on ne prononce pas le prénom de l'épouse d'un homme. Quand on lui parle d'elle, on lui demande comment va « la famille ».

– Quelle famille ?

Ses yeux pétillent d'humour. Il semble prendre plaisir à entretenir mon trouble :

– Dis à ton amie que demain elle sera reçue pour le thé à la maison. Racheddin vous y conduira.

---

1. Garçon.

Accepte-t-il pour autant qu'on interviewe son épouse ? Que cela donne lieu à un article publié ? Je repose la question et obtiens de nouveau une réponse afghane :
– Demain, vous prendrez le thé. Vous irez toutes les deux.

Il n'a levé l'ambiguïté que sur un point. « Toutes les deux » veut dire : pas de photographe. Je le quitte et retrouve Marie-Françoise.
– Alors ?
– Il a dit qu'on irait prendre le thé avec elle.
– On a notre article ?
– Ben, je sais pas.

Elle s'énerve. Moi aussi. Racheddin, le frère aîné de Mme Massoud, entre dans la pièce sans frapper. Il me lance en persan :
– Bravo pour le scoop !

26

La nuit est en train de tomber sur Jangalak, le village de Massoud. Depuis, un an, son entourage l'a poussé à construire une maison digne de ce nom sur le terrain de son père. On y accède par un long escalier qui grimpe à travers les jardins en terrasses. En contrebas, les carcasses de chars soviétiques crèvent l'onde de la rivière. Un vent terrible se met à souffler. Notre arrivée ne passe pas inaperçue, six petites têtes brunes nous observent par la fenêtre, les enfants d'Amer Saheb savent que leur maman va recevoir de la visite. D'ailleurs, c'est elle qui vient nous ouvrir. Sediqa est une jolie femme de vingt-neuf ans aux cheveux châtain clair et aux grands yeux verts. Elle porte une longue robe noire pailletée, des chaussures à talon qui laissent apparaître des ongles vernis, un foulard blanc qui va rapidement glisser sur ses épaules et qu'elle ne relèvera plus. Elle nous conduit dans une pièce éclairée à la bougie, s'excusant du fait que le générateur qui produit de l'électricité quelques heures par jour ne sera pas activé tout de suite. Marie-Françoise me glisse que Massoud a jeté un sortilège pour que nous ne puissions pas bien voir sa femme. Sediqa nous fait asseoir et servir le thé.

Elle me remercie pour tout ce que réalise Afghanistan

Libre. Elle est au courant des projets de l'association dans les moindres détails. Je traduis à Marie-Françoise, qui commence son interview. Les heures qui suivront nous font découvrir une femme sensible, une épouse courageuse, une mère inquiète qui connaît trop bien le goût amer de l'enfance en temps de guerre. Les fils et filles de Massoud sont tout simplement des cibles. Six mois auparavant, la bombe qui leur était destinée a explosé sur le camp de réfugiés voisin en faisant trente morts. Ses enfants ne viennent d'ailleurs plus dans la vallée que pour les vacances. Le reste de l'année, elle est avec eux à Douchanbé, là où ils ne mettent plus en péril leur vie et celle de la population pansheri.

Les deux journées suivantes, nous faisons le tour des écoles. Je m'étais gentiment moquée de Marie-Françoise avant de partir lorsque j'avais découvert qu'elle emportait une valise remplie de produits de beauté en guise de cadeaux. Je trouvais un peu « parisien » de penser distribuer des rouges à lèvres et des crèmes à des femmes qui avaient bien du mal à nourrir leurs enfants. Marie-Françoise m'avait simplement rétorqué : « Fais-moi confiance, tu verras. » Et je vois. Le sourire de ces femmes qui ont tant perdu, à qui l'on donne enfin, par des cadeaux superflus, quelque chose dont elles ont envie et non besoin.

La veille du départ, Massoud nous fait chercher. Nous sommes reçues sur la grande terrasse de la plus imposante maison de Bazarak, incongrûment éclairée par deux énormes halogènes. Le témoignage de Sediqa sur les bombardements ciblés nous revient immédiatement à l'esprit et nous sommes sidérées à l'idée que Massoud vienne s'asseoir « sous le feu des projecteurs ». Anne-Marie n'a pas l'air de mesurer le danger de la mise en scène. Le temps de rajuster son grand foulard chatoyant, elle pose sur la chaise destinée à Massoud les nombreux cadeaux qu'elle a apportés. Amer Saheb fait une entrée discrète, Anne-Marie se précipite pour libérer sa chaise, se prend les pieds dans son foulard et se rétame de tout son long dans les paquets éparpillés. Massoud l'aide à se relever et tout le monde s'emploie à ramasser les cadeaux. Cela détend l'atmosphère, mais j'ai du mal à chasser de mon esprit le péril de la situation. Au cœur de cet îlot de lumière insensé, produit de l'amateurisme complet de l'entourage du chef, il n'y a bien que le calme de Massoud qui soit à l'épreuve des balles. Cette tranquillité ne doit rien à l'insouciance. Massoud croit certes en son étoile, mais il a surtout conscience qu'il a besoin de toutes les bonnes volontés et qu'il ne peut pas se permettre d'être trop difficile dans le choix de ses proches collaborateurs.

Je présente les invitées. Massoud discute avec Anne-Marie et lui demande si elle pourrait lui procurer une copie de la constitution suisse qu'il juge intéressante pour l'Afghanistan. Vient le tour de Marie-Françoise qui commence son interview par : « Savez-vous qu'un magazine américain vous a élu "homme le plus sexy de l'année" ? » Bien sûr, elle ne m'a pas fait lire ses notes avant la rencontre. Je suis horriblement gênée à l'idée de traduire cette phrase. J'ai peur d'être cataloguée comme une « dévergondée » pour avoir laissé une de mes « invitées » poser une question aussi déplacée. Il me faut trois longues périphrases pour traduire « sexy ». Massoud me libère enfin de mon embarras, m'interrompant d'un geste de la main pour répondre à Marie-Françoise par un large sourire sans équivoque. La situation est d'autant plus cocasse que Massoud maîtrise assez bien notre langue, puisqu'il a suivi une partie de sa scolarité au lycée Esteqlal, l'école française pour garçons de Kaboul.

Massoud a parfaitement compris ce que préfigure l'entrée en matière de Marie-Françoise. Elle le teste sur le terrain du traditionalisme pour se faire une idée de la conformité entre son image de moderniste et ses origines fondamentalistes. La deuxième question ne le surprend donc pas plus :

– Pourquoi dans le Panshir les femmes portent-elles aussi le tchadri ?

– Les femmes afghanes sont enchaînées depuis des siècles par la tradition et l'obscurantisme. Mon rôle est de les protéger et de leur donner des moyens pour qu'elles se libèrent elles-mêmes de ces chaînes, pas de leur imposer des lois strictes comme le font les talibans. Les Pansheris étant attachés à la tradition, je ne suis pas en mesure de changer les mœurs dans cette période de guerre, où j'ai besoin du soutien de tous ces hommes. Une fois le pays en paix, c'est par l'accès des femmes à l'éducation que nous changerons les choses en profondeur.

– Je vous remercie de nous avoir permis d'interviewer Sediqa. C'était passionnant et elle est très belle, intelligente et courageuse.

Je m'en étouffe, on ne prononce pas le prénom de madame en public, on ne complimente pas la beauté d'une épouse que même les proches n'ont pas le droit de rencontrer selon les principes traditionnels. À ma grande surprise, l'impertinence de Marie-Françoise amuse Massoud. Il lui adresse son deuxième grand sourire et me dit juste :

– C'est bon, pas besoin de traduire.

Le reste de l'interview est politique. À un moment, il revient sur son engagement vis-à-vis des femmes :

– Nous avons besoin de vous, les femmes françaises, et des médias pour dénoncer les talibans. Les femmes de mon pays ont des chaînes aux pieds depuis des décennies, j'essaie de les enlever maillon par maillon.

Il prononce cela en feuilletant le numéro spécial de *Elle* que Marie-Françoise lui a apporté, et tout à coup, je me fige d'angoisse : en face du début de l'article sur l'Afghanistan, une publicité expose les formes d'une femme entièrement nue ! Cette fois, même Marie-Françoise est gênée.

Nous rentrons à Paris avec deux interviews, Anne-Marie laisse derrière elle un orphelinat de vingt enfants opérationnel. Je suis folle d'optimisme, et loin de me douter que je ne reverrai plus jamais Massoud.

27

Le 9 septembre 2001, jour de parution du numéro de *Elle* qui contient l'interview de Mme Massoud, je suis à l'ambassade à Paris quand je reçois un coup de fil de Saleh, l'attaché militaire de Douchanbé :

– Chékéba, pas de panique, mais Amer Saheb a été légèrement blessé dans un attentat. En revanche, Assem est mort. Tu ne t'inquiètes pas, on a déplacé Amer Saheb dans un hôpital où il récupère. Il faut communiquer.

J'allume la télé, la radio : « Attentat, deux kamikazes ont réussi à se faire passer pour des journalistes et à faire exploser une bombe cachée dans leur caméra. Le commandant Massoud serait blessé. » Marie-Françoise débarque dans l'heure à l'ambassade, ainsi que d'autres amis. Je reçois des coups de fil de partout dans le monde.

L'après-midi s'écoule, rythmée par mes appels à Douchanbé. Saleh ne s'impatiente jamais et prend à chaque fois le temps de me rassurer. Son ton est convaincant, il fait même des plaisanteries pour détendre l'atmosphère. Nicole Fontaine, de passage à Paris, a la gentillesse de passer nous voir pour nous soutenir.

Le 10 septembre est une journée affreuse. De terribles rumeurs nous assaillent tandis que l'entourage de Massoud continue de parler de blessures légères. La réalité, que nous ne connaissons pas, est tout autre :

Amer Saheb est mort sur le coup dans l'attentat, mais la nouvelle a été cachée pour ne pas démoraliser les moudjahidines. Le meurtre de Massoud signe évidemment le début d'une puissante offensive des talibans contre le Panshir. Sur le front, la guerre est sans merci.

Le 11 septembre, le prologue laisse place à la tragédie : à New York, les tours s'effondrent. À la télévision, nous regardons comme le reste du monde les corps tomber.

La seule différence pour nous, c'est que la logique macabre est évidente.

Nous savons aussi, bien avant que le nom d'Al-Qaida ne soit prononcé par les médias, que nous sommes sans doute à la veille d'une intervention américaine en Afghanistan.

Massoud avait raison, l'inaction internationale contre les talibans s'est retournée contre l'Occident, exactement comme il l'avait prophétisé lors de son passage en Europe. Les talibans ont cru que décapiter la résistance sur le terrain les prémunirait contre la réaction à leur crime. Ils ont tort, ils ne peuvent rien contre les États-Unis. Nous l'avons toujours su, toujours dit. En découvrant avec effroi les New-Yorkais se jeter dans le vide, nous savons tous que les talibans ont perdu. Nous pensons que le drame aurait pu être évité. Et la guerre à venir aura forcément un coût terrible pour les civils. Je ne sais pas encore que Massoud est mort, mais je sais que ma place est là-bas. Il faut vite que je parte.

Je rentre à la maison me préparer. Pour la première fois, ma mère m'exhorte à renoncer. Elle me dit que cette fois, elle est très malade, que cette fois, elle a besoin de moi. Je lui réponds que les Afghans du Panshir ont plus besoin de moi qu'elle. Je ne me le pardonnerai jamais.

28

Le 15 septembre, la mort de Massoud est confirmée.
Le 16, je pars pour Douchanbé avec mon frère Daoud. Sur place, des centaines de journalistes font le siège de l'ambassade afin de pouvoir monter dans « notre » hélico. Je vais accueillir Mme Massoud qui rentre du Panshir, où les obsèques viennent d'avoir lieu. Je la trouve dans un état second. Les enfants aussi sont sous le choc. Pendant les deux journées qui suivent, je reste avec elle et ses petites filles.

Le 20, Daoud et moi prenons l'hélico pour le Panshir. Dès que nous parvenons au ministère des Affaires étrangères, nous découvrons un nouveau genre de crise : il y a 380 journalistes à loger, nourrir, trimballer. Chacun veut une maison, un traducteur, un chauffeur… C'est le chaos le plus total. Un nouveau genre d'exode à gérer au cœur de la guerre, sauf que les reporters sont autrement plus exigeants que les réfugiés. Le général Fahim, qui secondait Massoud sur le terrain des opérations, a pris naturellement la tête des moudjahidines pour mener le combat contre les talibans. Le président Rabbani est toujours en exil. Le docteur Abdullah Abdullah conserve le rôle de « ministre » des Affaires étrangères et devient l'interlocuteur de la communauté internationale.

Nous progressons en même temps que la ligne de front et nous installons bientôt à Jabel Saraj, à cinquante kilomètres de Kaboul, dans une maison qui abrite Abdullah Abdullah et son ministère. Notre travail consiste toujours à l'aider à gérer la horde médiatique. Les bombardements sont assourdissants, les flammes rougeoient à l'horizon. Il nous faut organiser un point presse tous les deux jours. Au téléphone, j'ai régulièrement ma mère, éplorée. Je sers d'interlocutrice pour les médias français. *Envoyé spécial* envoie une équipe pour me suivre pendant une semaine. Ils filment la construction du nouveau lycée Malalaï, une coopérative de femmes couturières, l'orphelinat créé par Anne-Marie von Arx, et une école primaire installée dans une mosquée.

Pendant deux mois, je découvre à la fois le courage de certains reporters et la malhonnêteté de certains autres qui n'hésitent pas à soudoyer des commandants pour simuler des assauts avec leurs troupes. Une nuit, alors que nous dormons dans la maison du ministère, Daoud me réveille, paniqué. Le front est à cinquante kilomètres, mais les bruits que nous entendons dans le jardin sont ceux de la guerre. Nous nous précipitons pour découvrir qu'une grande chaîne d'info américaine, hébergée sous notre toit, a fait installer dans le jardin deux gros ventilateurs et allumer des feux. Elle recrée, avec beaucoup d'habilité, un son et lumière au cœur duquel leur présentateur se lance devant la caméra pour un reportage « en *direct live* des combats autour de Kaboul »… Il est 4 heures du matin, nous allons nous recoucher.

Le 21 octobre, les troupes entrent dans Kaboul.

Quelques jours plus tard, je retrouve Hassina, qui arrive de Washington, et nous pénétrons dans le ministère des Affaires étrangères, installé dans un immeuble magnifique. Les talibans ont uriné et déféqué partout pour nous laisser un message de bienvenue. Le résultat est à la hauteur de leurs espérances, nous sommes gagnées par un profond sentiment de malaise à la vue de ce mélange de luxe et de barbarie. Abdullah Abdullah est aux commandes, il faut installer un centre de communication. Hassina et moi passons nos journées à répondre au téléphone et à essayer de gérer des urgences diplomatiques, protocolaires, humanitaires. Chaque fois que nous décrochons un combiné, nous ignorons si nous allons tomber sur un ministre étranger, un membre de la diaspora, un plombier ou un maçon. Ce désastre logistique est la conséquence malheureusement imparable de décennies de guerre. Sous l'occupation soviétique, l'administration s'était vidée de ses hommes qui avaient soit fui, soit rejoint l'armée ou la résistance, où beaucoup avaient trouvé la mort. Logiquement, à l'arrivée des moudjahidines en 1992, les femmes représentaient plus de 40 % des fonctionnaires. Durant les années 1992-1996, les administrations s'étaient encore vidées à cause des bombardements des différentes factions. Et quand les talibans avaient pris le pouvoir en 1996, c'était avec la volonté de détruire le pays afin de préparer une annexion par le Pakistan : les femmes s'étaient vu tout simplement refuser le droit de travailler, et les hommes qui les avaient remplacées n'étaient jugés qu'en fonction de la longueur de leur barbe et de leur assiduité à la prière. Bref, l'Afghanistan n'a plus d'administration. Le matériel informatique a été volé, les meubles sont brisés, chaque pièce a été consciencieusement vandalisée, jusqu'aux toilettes jugées trop occidentales.

J'ai trouvé une maison dans Flower Street, j'y ouvre

un bureau pour Afghanistan Libre. Anne-Marie von Arx débarque dans ce capharnaüm insensé. Petit à petit, la diaspora afflue, c'est un ballet ubuesque, la grande chasse au titre. Hassina et moi sommes aux premières loges de cette foire aux vanités.

Un soir, Hamayoun Tandar – le frère de Malia, qui m'avait recueillie avec ma mère à Peshawar après ma traversée de la passe de Khaibar – vient dîner à la maison et m'annonce sa nomination au poste d'ambassadeur à Bruxelles, et la mienne en tant que son adjointe. Je téléphone à ma mère pour lui dire que je suis désormais diplomate et que je vais l'emmener avec moi à Bruxelles. Elle est fière. Quelques jours après, mon frère Zaman m'appelle. Il faut que je rentre en urgence. Ma mère est au plus mal.

Soixante-douze heures plus tard, après des efforts désespérés pour trouver un moyen de transport dans un pays en plein chaos, après un voyage qui, triste ironie du sort, m'a obligée à refaire la route de Kaboul à Peshawar par la passe de Khaibar – en voiture et avec une escorte armée cette fois –, j'atterris à Paris, et file directement à l'hôpital.

29

Nous sommes le 20 janvier 2002, l'après-midi. Dans la chambre du service de réanimation de l'hôpital Antoine-Béclère, tous mes frères et sœurs sont là. Je me penche sur ma mère, je pose mon front contre le sien et je lui demande pardon d'être partie, je lui dis qu'elle ira bientôt mieux et que nous serons heureuses à Bruxelles. Deux larmes coulent sur ses joues. Le médecin en conclut que c'est un bon signe. Il nous invite à rentrer chez nous. Il est optimiste. Il nous appellera. Je rassemble mes sœurs, on rentre. Je suis soulagée. Je me lave. Et je reprends mes esprits. La voici donc, sous mes yeux, cette famille, réunie après que tant d'années de guerre, tant de frontières et de ressentiments l'aient dispersée sur la terre comme dans nos cœurs. Voici le rêve de maman presque accompli : tous ses enfants autour d'elle, sauf Lailoma, qui n'a pas eu de visa pour quitter Islamabad, au Pakistan, où elle vit dans des conditions déplorables malgré l'argent que tous les frères et sœurs lui envoient chaque mois. Le régime est sans grande pitié pour les nombreux réfugiés afghans, le travail rare pour les étrangers, les loyers totalement abusifs, et l'accès à l'éducation pour les enfants, désastreux. Sohaila arrive d'Allemagne, où elle vient de s'installer après une longue et éprouvante errance qui l'a conduite en Russie, au Turkménistan et en Slovaquie. Maman s'inquiète particulièrement pour elle, car elles sont aussi asthmatiques l'une que l'autre. Elle m'a souvent dit : « Tu vois ma fille, si seulement ta sœur avait de la Ventoline... ça me ferait tellement de bien à moi aussi... Avec tout ce monde que tu connais, tu ne peux pas lui en faire parvenir une caisse ? » Suraya est, elle, en contact permanent avec maman et revient tous les ans des États-Unis pour lui rendre visite. Shakila aussi fait souvent le déplacement depuis Francfort. Les frères vivent tous en région parisienne.

Dans ma tristesse, je suis ravie de revoir mon demi-frère Qalandar, que j'aimais tant petite, et qui vit maintenant lui aussi aux États-Unis avec sa femme et mon neveu Aroun. Maman n'est pas sa mère, et pourtant il est là.

C'est la nuit. À 4 heures, le médecin appelle : « Venez, c'est la fin. »

Nous faisons irruption dans la pièce au moment où on lui pose le défibrillateur. Je me jette sur elle, les médecins nous hurlent de sortir.

Un docteur nous rejoint : c'est fini. J'y retourne, je me couche sur elle, lui explique que ce n'est pas possible, que je suis rentrée, que nous devons partir toutes les deux pour une vie meilleure, plus douce, ensemble, en Belgique, je la supplie.

Pendant les trois jours qui suivent, nous organisons les funérailles. Il va falloir s'occuper d'une centaine de personnes. Et toutes les deux heures, je file à la morgue de Béclère où un pauvre employé, touché par ma démence, accepte contre toutes les règles de me laisser accéder au corps de ma mère, encore et encore.

Il est arabe, c'est parce qu'il est arabe qu'il comprend, qu'il ne me juge pas trop durement – même si, progressivement, il me fait comprendre que ce n'est pas bien, qu'il faut la laisser en paix maintenant, que j'abîme sa dépouille chaque fois que je demande qu'on la sorte de son tombeau réfrigéré. Il récite des versets du Coran pour elle. Il ne perd jamais patience. Il me calme.

Le jour de l'enterrement, les voitures doivent faire deux kilomètres de queue pour accéder au cimetière du Petit-Clamart.

Lors d'un enterrement musulman, les femmes ne sont pas supposées assister à la mise en terre. Je ne me pose même pas la question, il est pour moi évident que je l'accompagnerai jusqu'au bout. La tradition semble parfois s'adoucir devant certaines évidences : ni mes frères ni l'imam n'y trouvent rien à redire.

30

En mars 2002, je pars à Bruxelles prendre mes fonctions. J'y débarque avec ma petite valise et rejoins le nouvel ambassadeur. Hamayoun travaille et vit dans un grand appartement entièrement vide, à l'exception d'un lit, d'une table avec deux chaises, d'un téléphone et d'un fax.
– Il y a tout à faire, jeune sœur. Et pour commencer, tu vas nous trouver un vrai bureau.
Nous passons quelques heures à dresser une liste d'actions prioritaires et une ébauche de calendrier. Il ne s'inquiète à aucun moment de savoir où et comment je vais vivre dans cette ville. Heureusement, une amie, Brigitte Forissier, qui s'intéresse depuis longtemps à Afghanistan Libre, a proposé de m'héberger, même si elle est en voyage. Je débarque chez elle et suis accueillie par sa fille qui, après que je lui ai raconté mes premiers pas de diplomate, prend les choses en main. Elle appelle une de ses amies américaines, Ariel, et lui donne rendez-vous le soir même. Quelques heures plus tard, nous voici en train de chercher ensemble sur les sites immobiliers un appartement pour moi et un bureau pour l'ambassade. Ma vie et mon travail à Bruxelles vont considérablement être facilités par Brigitte et Ariel. Cette dernière viendra plus tard en renfort

bénévole nous aider à l'ambassade pour s'occuper des relations presse anglophones de l'ambassadeur. Ariel me présente aussi Astrid, sa voisine. Dès notre première rencontre, je me sens protégée par l'énergie de cette femme plus âgée que moi. Elle me raconte l'histoire de sa mère, Marie-Thérèse Ullens de Schooten, qui, un demi-siècle plus tôt, s'était découvert une passion pour l'Iran après la mort de son mari, un diplomate issu d'une grande famille belge. Elle s'y était rendue, répondant à un appel aussi mystérieux que souverain, et avait sillonné seule tout le pays, chose incroyable pour une femme dans les années cinquante. À l'âge de seize ans, Astrid, sortie par sa mère de son pensionnat dans la campagne anglaise, y avait vécu plusieurs mois à son tour, accueillie dans une tribu, tandis que Marie-Thérèse réalisait des films pour l'Institut Pasteur. Elle se souvient de cette période comme de l'une des plus belles de sa vie.

Cette chaîne d'amitié féminine agit sur moi comme un charme et me pousse en avant. Le travail n'est pas facile à l'ambassade. Ce n'est pas que nous manquons de budget : c'est que nous n'en avons pas. Nous nous installons dans un deux pièces et achetons deux ordinateurs et une imprimante : dans la cuisine, le consulat ; dans le salon, l'ambassade. Les deux premiers mois ne sont occupés que par des questions matérielles. Nous obtenons un prêt bancaire grâce aux contacts d'Anne-Marie von Arx.

Les Afghans commencent à défiler. Ils ne sont pas choqués de nous découvrir si démunis. Au contraire, cela leur paraît convenir à la situation du pays. L'ambassadeur tient tous ses rendez-vous à l'extérieur. Quel que soit le rang de son interlocuteur, c'est lui qui se déplace. Nous recherchons une personne qui pourrait prendre en main la partie administrative de l'ambassade pour un très modeste salaire. Nous avons la chance de rencontrer Anne Hermans, qui en a assez de l'hôtellerie et qui trouve la mission passionnante. Elle va tout de suite occuper la place centrale dans la « cuisine Consulat » où elle tient le « standard téléphonique ». Anne et moi travaillons beaucoup ensemble, je l'implique dans tous les dossiers et elle s'intéresse de plus en plus à notre pays.

Tous les soirs, j'étudie les institutions et les organigrammes de cette nébuleuse européenne. Je n'ai aucune formation, pas de guide, et le labyrinthe me paraît d'une complexité redoutable.

Un jour, nous recevons à l'ambassade une demande de visas pour un groupe de femmes parlementaires. Je m'informe et découvre l'existence d'une commission « Gender Equality » (égalité des sexes), dont la responsable, Brigitte Bataille, une déléguée du groupe socialiste au Parlement européen, a organisé un voyage à Kaboul. Je suis contrariée par leur programme : il est uniquement question de rencontrer Hamid Karzaï et ses ministres. Je prends ma plume la moins protocolaire pour expliquer à cette diplomate émérite qu'elle aurait pu nous consulter. Brigitte Bataille réagit sans tarder et nous voilà dans son grand bureau dès le lendemain. Je suis impressionnée, persuadée d'avoir commencé ma carrière européenne par une bourde. Dans un environnement aussi policé, avoir négligé de consulter l'ambassade peut froisser les sensibilités. Hamayoun se lance dans une tirade sur ce thème, je trouve tout cela relativement hors sujet. J'embraie sur le fait qu'il faut que leur délégation sorte de Kaboul, qu'elle voie la réalité du terrain dans des provinces différentes. À ma grande surprise, Brigitte Bataille est tout à fait d'accord et me demande de l'aider. Je passe la semaine qui suit à organiser avec elle la visite, qui sera un grand succès, et grâce à laquelle nous parviendrons deux ans plus tard à faire inscrire une ligne budgétaire « femmes » dans les crédits accordés à l'Afghanistan par l'Union européenne.

Bien vite pourtant, l'ambassadeur et son entourage commencent à me reprocher de ne pas respecter les circuits. Il me semble pourtant que la complexité et la lourdeur des procédures européennes ne correspondent guère aux besoins d'un pays en construction. Mais le principal problème est notre absolu manque de préparation à la scène internationale. Les diplomates de tous pays suivent une formation avant d'être nommés. Chez nous, la situation des ressources humaines est tellement catastrophique qu'il suffit de parler quelques langues étrangères et d'avoir fait des études supérieures pour pouvoir prétendre au titre. Et le chaos politique a sifflé le départ d'une course aux places pour les anciens commandants et les nouveaux membres du gouvernement, qui en profitent pour offrir des carrières à leurs proches et à leurs amis. J'entends encore la voix de certains des anciens proches de Massoud, amers devant ce spectacle : « Ils débarquent de l'étranger, ces *laveurs de chiens*, avec une liasse de diplômes truqués, des costumes à 500 dollars, et se font nommer en deux jours ! » L'injure a une origine étonnante : un Afghan de la diaspora, de retour d'Allemagne, avait mis en avant ses compétences de manager pour obtenir un haut poste à Kaboul. Quand on lui avait demandé plus de précisions sur ses activités, il avait répondu, le plus sérieusement du monde, qu'il avait créé et fait prospérer une société de toilettage d'animaux de compagnie. Le pauvre homme avait sans doute toutes les raisons du monde d'être fier de sa réussite professionnelle en Allemagne, mais le décalage était trop grand avec l'Afghanistan, pays sans grande culture des animaux domestiques malgré ses célèbres lévriers. L'histoire de son pedigree avait fait le tour du pays en un clin d'œil. Depuis, tous les aspirants de la diaspora s'étaient vus rebaptisés les « laveurs de chiens ».

J'ai trouvé un bel appartement où m'installer et je découvre les joies de l'autonomie. Bientôt, je propose à ma nièce Myriam, la fille de Zaher et Sylvette, de me rejoindre à Bruxelles : elle s'épuise à Paris dans des études de médecine qui ne lui conviennent pas. Je sais qu'elle rêve de devenir kinésithérapeute et il y a ici de très bonnes formations. Elle vient s'installer avec moi. Je ne peux être plus heureuse. Un métier qui me fait me sentir utile, des amies fantastiques, plus de contraintes domestiques et un membre de ma famille que j'aime à mon côté.

Je fais des allers-retours à Paris pour les réunions d'Afghanistan Libre et bientôt, nous ouvrons une antenne à Bruxelles grâce à une aide gouvernementale. Nous pouvons continuer à organiser des événements pour faire connaître le pays et récolter des fonds. Ma formation de cuisinière familiale me permet de tenir des dîners à la maison où je réunis des amis, des journalistes et des membres des institutions européennes.

À la Commission européenne, je deviens à la fois le poil à gratter et la mascotte du département Relex (relations extérieures). À chaque note de leur part concernant l'Afghanistan, ils savent qu'ils peuvent compter sur moi pour les aider et leur faire part de mes opinions si peu diplomatiques. Nous travaillons notamment durant deux ans à un projet dont l'objectif est de faire voter au Parlement une ligne budgétaire de 10 millions d'euros destinée à faciliter le retour de la diaspora. Notre idée simple est d'encourager le retour d'un millier d'Afghans qualifiés (ingénieurs, fonctionnaires, médecins, etc.) pour aider à reconstruire leur pays, contre l'assurance pour eux de gagner un salaire décent pendant les deux premières années. Le budget est voté par le Parlement, puis confié par appel d'offres à une agence de développement onusienne qui le transforme en projet de « retour de masse » : il s'agit maintenant de proposer un salaire de deux cent cinquante euros (sans hébergement) à chaque Afghan qui ferait le choix du retour ! Je peste contre l'inutilité de la mesure. Quel individu, installé à l'étranger, fera ce choix pour une telle somme ? Personne à la Commission et au Parlement ne me donne tort mais le budget a été voté, l'appel d'offres ratifié, l'agence a pris sa commission et imprimé des brochures. Et tant pis si ce plan est voué à l'échec, on fera le point dans deux ans. Deux ans plus tard, l'échec est si patent que le budget ne sera pas renouvelé.

Pourtant, je ne me décourage pas, et les bonnes volontés de cette commission sont telles que je m'autorise à les déranger inlassablement. Mon aide est appréciée pour mon expertise du terrain, même si, à chacune de mes visites, ils se demandent : « Mais qu'est-ce qu'elle va encore nous reprocher ? » Je suis un amateur casse-pieds dans une administration de grands professionnels, mais on me tolère.

31

Le soutien indéfectible des journalistes de *Elle* ne faiblit pas. Je suis tous les jours impressionnée par leur détermination à ne pas laisser tomber le combat. Depuis un moment, Marie-Françoise, Valérie et moi jouons avec l'idée de lancer un magazine afghan pour les femmes. Ce n'est pas un projet facile à initier : il faut obtenir une autorisation du gouvernement afghan et trouver les financements.

En janvier 2002, une opportunité se présente : Karzaï est de passage à Paris et loge à l'hôtel Raphaël. Je m'y rends pour saluer les quelques amis que j'ai dans son cabinet et pour accompagner Marie-Françoise qui doit interviewer le président. Tandis que nous attendons notre tour dans un petit salon, je reconnais un homme qui attend avec un dossier dont je devine le contenu : il a fait financer par l'Europe un centre multimédia à Kaboul destiné à abriter l'ensemble des médias naissants et souhaite à présent obtenir du ministre de la Culture, Sayed Makhdoom Raheen, un accord de principe pour lancer un magazine féminin. Ce qui me déplaît fondamentalement dans cette approche, c'est l'idée qu'il va se créer une sorte de monopole de l'information. Cela reviendrait pour notre futur journal, comme pour n'importe quel autre média, à être dirigé par un même pouvoir, et je suis certaine qu'aucune journaliste afghane, après des années passées sous l'oppression des talibans, ne se rendra dans un building rempli d'hommes occidentaux. J'explique la situation à Marie-Françoise, qui sort de la pièce pour téléphoner à Valérie, alors en vacances à la montagne. Depuis son télésiège, celle-ci appelle à son tour Gérard de Roquemaurel, directeur financier du groupe presse, afin de le convaincre de donner son accord pour fonder un magazine féminin afghan sous le parrainage et avec l'appui financier de *Elle*. Elle explique la nature de l'urgence. Il accepte et lui donne son feu vert.

Je m'arrange aussitôt pour que Raheen nous reçoive dix minutes en lui disant que « la direction générale » de *Elle* souhaite lui parler. La « direction » se présente et lui vante le projet. Comme tout le monde, il est conquis par le charisme de Marie-Françoise, et notre numéro de duettistes le rallie bien vite à notre cause. Notre argument est simple : l'Afghanistan moderne a besoin des femmes, il faut que leur condition change et, pour cela, il faut que leur voix soit relayée par un journal dont elles maîtrisent le contenu. Nous obtenons son autorisation.

Mars 2002. Marie-Françoise, Marion Ruggieri, Cécile Clot, une maquettiste, et Sophie Steinberger, une photographe, embarquent pour Kaboul dans un avion de l'ONU. Je les attends sur place avec Sébastien Turbot, le premier expatrié volontaire d'Afghanistan Libre. Au passage, j'ai récupéré ma nièce de quinze ans, Yalda, la fille de Lailoma qui habite au Pakistan et qui parle trois langues. Ses compétences linguistiques nous seront utiles dans cette aventure : les travailleurs qualifiés sont rares au lendemain de la chute des talibans et les grosses ONG sont prêtes à payer très cher ceux qui parlent un peu anglais (on en arrive à des situations aberrantes : un Afghan éduqué préférera être chauffeur pour une ONG, payé cinq cents dollars par mois, plutôt que chef de département dans un ministère où son salaire mensuel ne dépassera pas les cinquante dollars). La première étape consiste à identifier des groupes de femmes qui pourraient prendre en main la destinée du magazine, des femmes qui, il y a quatre mois, vivaient cloîtrées dans leur maison et dont la vie depuis n'a pas vraiment changé. Le bureau kabouli de l'association nous abritera. La rédaction de *Elle* a obtenu auprès du ministère français de la Défense que l'avion dans lequel voyagera Hubert Védrine dans une semaine transporte notre matériel : trois ordinateurs, un scanner et une imprimante.

La veille de son départ, Marie-Françoise est passée voir Anne-Marie Couderc, la directrice d'Hachette Filipacchi Médias, pour récupérer l'argent nécessaire au lancement du magazine (70 000 euros transportés par les journalistes dans leurs vêtements). Elle nous a rapporté la phrase sur laquelle Anne-Marie a conclu leur entretien : « C'est un projet magnifique, mais on sait que c'est très difficile, alors vous n'avez pas d'obligation de résultat. » Cette marque de confiance pèse plus lourd que les liasses de billets et nous donne du cœur à l'ouvrage.

Dans le bureau de Chicken Street, un premier groupe d'aspirantes journalistes vient nous présenter un projet sinistre qui parle de morts, de veuves et de blessés, avec des sujets sur la réinsertion des orphelins, des handicapés... Ces femmes sont de ma génération, le deuil et la souffrance sont tout ce qu'elles ont connu de leur pays. Un deuxième groupe a préparé un dossier plus positif : portraits, reportages, histoires vraies, vie pratique et poésies... Ces femmes ont en commun d'être plus âgées. Elles ont connu l'Afghanistan d'avant les Soviétiques, leur vision du futur peut s'enraciner dans quelques souvenirs heureux. Nous les engageons sous la direction de Lailoma Hamadi, la présentatrice star de Kaboul TV, une des premières femmes à avoir pris la parole à l'antenne après la chute des talibans.

Cécile se met au travail pour créer une maquette, aidée par un jeune graphiste rentré du Pakistan. Mais la colle et les ciseaux vont se montrer aussi utiles que l'informatique pour travailler à la mise en pages – il faut dire que l'informatique est un peu moins serviable que d'habitude pour Cécile puisqu'elle se présente sous la forme d'un logiciel Word et d'un clavier en persan.

Le titre du magazine est choisi : *Roz*, qui signifie « jour » en persan. Il reste deux semaines pour produire un numéro zéro. Nous trouvons un imprimeur à la dernière minute, mais il faudra plier les exemplaires à la main. Le premier tirage est de 1 500 exemplaires[1].

L'avant-veille de l'impression, le générateur tombe en panne, il nous faut aller en dénicher un sur le marché à onze heures du soir. L'équipe de *Elle* doit partir deux jours plus tard, le magazine en main. Marie-Françoise s'est transformée en tornade rousse électrique. On réveille un type qui dort devant sa boutique, il a

---

1. Aujourd'hui, alors que nous fêtons le 106e numéro, le tirage est de 6 000 exemplaires, avec un taux de circulation de dix lectrices par magazine imprimé.

ce qu'il nous faut, on le convainc de venir nous l'installer immédiatement.

Le mardi 2 avril, le numéro paraît, avec en couverture, une jeune fille en chemin pour l'école. Le premier numéro est en noir et blanc, mais, très vite, on comprend que les Afghanes veulent de la couleur et surtout des pages sur leurs stars préférées de Bollywood. Le journal conservera en première partie sa teneur sérieuse : la situation politique et sociale du pays, la paix et la reconstruction, mais il se verra bientôt complété par un cahier plus léger sur le cinéma indien et les grandes vedettes occidentales, ainsi que par des pages pratiques (couture, entretien de la maison, horoscope) et même des leçons d'anglais et de français. Les quelques annonceurs sont de modestes marchands locaux, une boutique de vêtement, un salon d'esthétique…

Quelques jours avant notre départ, en rentrant d'un reportage dans les rues de Kaboul avec deux journalistes de *Roz*, j'ai réalisé à quel point l'absence de moyen de transport leur rendait difficile la couverture des sujets dans toute la ville, pour ne pas parler de sa périphérie. Je partage mon souci avec mes amies de *Elle*, qui décident à l'unanimité de repartir par la route au Pakistan pour consacrer le budget de leurs billets d'avion à l'achat d'une voiture. Le prix de ces billets est exorbitant : la connexion aérienne entre Kaboul et le Pakistan d'où l'on peut s'envoler vers Londres, est encore assurée par des avions de l'ONU. Et le choix de la voie terrestre n'est pas anodin : les routes sont encore très mal sécurisées par les forces internationales. Nous resterons assez silencieuses tout le trajet, en contemplant les trous de mortiers creusés quelques heures auparavant dans des échauffourées entre talibans et armée afghane. Mes amies s'extasient devant la beauté des champs de fleurs rouges que nous croisons ensuite sur la route de Jalalabad, provoquant l'hilarité de notre chauffeur, Nazim. Ce sont des champs de pavots qui doivent être bientôt irradiés[1].

---

1. La culture du pavot représentait une des principales sources de financement des talibans. Une campagne d'éradication a été initiée dès 2002, mais le problème de la production de drogue et de son trafic est loin d'être réglé dans le pays.

32

Depuis notre rencontre avec Sediqa Massoud, Marie-Françoise et moi discutons de l'opportunité de lui faire prendre la parole dans un livre. Marie-Françoise est d'autant plus persuadée de l'intérêt du projet qu'elle imagine Sediqa en possible successeur de son mari. Je ne partage pas du tout cette vision politique. Les protagonistes en lutte dans le « jeu » afghan ont des intérêts si contradictoires que je vois mal une femme, dans un pays resté profondément traditionaliste, représenter une option fédératrice.

En ce qui concerne le livre lui-même, mes sentiments sont, au départ, mitigés. À travers Sediqa, c'est au mythe de Massoud que nous nous attaquons. Sommes-nous légitimes ? Acceptera-t-elle ? Je me demande surtout si je suis capable d'affronter tous ceux qu'il faudra convaincre pour mener à bien l'entreprise. Une chose nous pousse à avancer : nous nous disons que si Massoud a accepté de son vivant que puissions interviewer Sediqa, c'est qu'il avait pensé qu'il était temps de lui donner la parole et qu'il nous faisait confiance pour relayer sa voix.

L'ambassadeur à Bruxelles, Hamayoun, m'encourage. Il me dit qu'il adorerait lire cette partie de l'histoire de notre pays par le prisme du regard de la femme de

Massoud. Mon ami Christophe de Pontfilly nous pousse aussi à nous lancer. Son plus grand regret de reporter est de n'avoir jamais pu approcher les Afghanes pour pouvoir transmettre leurs histoires, comme il l'avait si bien fait avec les hommes afghans.

Le chemin de croix commence. Motivée par Marie-Françoise, je commence à « tester l'idée », à la fois du côté de Sediqa et de celui de ses grands frères. Plus rapidement que je ne le pensais, j'obtiens l'assentiment des deux parties. Je ne suis pas certaine que les frères s'imaginent pour autant que nous mènerons à bien la tâche. Marie-Françoise et moi nous envolons pour Mashhad en Iran, où Sediqa habite avec son fils et ses cinq filles. La famille est protégée et aidée par le gouvernement iranien en hommage au combat de Massoud, qui faisait bouclier contre une infiltration des talibans sur leur territoire.

Tareq, le jeune frère de Sediqa, vient nous chercher à l'aéroport et nous conduit à notre hôtel. Marie-Françoise est confinée toute la journée dans sa chambre de quinze mètres carrés pendant que je passe des heures à enregistrer Sediqa. Elle répond aux questions que nous préparons chaque soir après que j'ai traduit à Marie-Françoise la moisson du jour.

Heureusement, Sediqa a une très bonne mémoire. Nous passons de nombreuses heures à pleurer en évoquant les scènes les plus douloureuses de sa vie, de notre pays... Je suis en empathie totale avec cette femme, à tel point que j'en oublie souvent ma part de culture française, ce qui donne lieu à des échanges cocasses avec Marie-Françoise. Un soir, je pleure devant elle en lui rapportant :

– Mais quelle formidable histoire d'amour, tu te rends compte de ce qu'elle m'a dit aujourd'hui ? Massoud lui avait interdit de voir un autre homme que lui parce qu'il voulait la garder comme son joyau... Comme c'est romantique.

La repartie de Marie-Françoise est méritée :
– Euh... Chékéba ? Tu délires là ? Tu sais que c'est exactement ce que disent tous les intégristes !

Notre première semaine de travail en Iran est éreintante. Le rythme est difficile à tenir et à la fatigue s'ajoute un sentiment de paranoïa qui ne nous quitte pas. On nous a tellement averties de l'omniprésence des espions en Iran que nous en voyons partout, et faisons des bonds chaque fois qu'on frappe à notre porte. Nous en sommes arrivées à trouver louche le fait que le réceptionniste de l'hôtel nous appelle par nos noms, alors que nous lui avons confié nos passeports au moment du check-in comme dans n'importe quel hôtel dans le monde.

Le jour du départ, nous quittons le pays avec des dizaines de cassettes enregistrées qui devraient nous fournir un premier jet solide. Sediqa nous a aussi confié des photos. Certaines sont des portraits de famille dans l'intimité, que personne à part nous n'a jamais vues. À l'aéroport de Téhéran, en attendant le vol vers Paris, je sombre dans le sommeil. Quand j'ouvre enfin un œil, je découvre Marie-Françoise, recouverte de son châle, serrant dans ses bras le sac contenant les enregistrements. Elle est si tendue qu'elle ne peut fermer l'œil : « Tu imagines si quelqu'un savait ce qu'on trimbale, là ? »

En 2004, nous retrouverons Sediqa dans le Panshir où elle passe tous les étés avec ses enfants. Elle nous ouvrira même la porte de sa chambre, celle que Massoud avait quittée le matin de sa mort. Elle prend place à la balustrade de la fenêtre d'où elle l'a regardé partir le matin de son assassinat, d'où elle l'a vu se retourner plusieurs fois vers elle en traversant le jardin.

Nous finalisons le livre, qui est traduit intégralement en anglais pour être donné à Ahmad Wali Massoud, le frère de Massoud. De mon côté, j'en apporte une copie à Sediqa à Mashhad et je passe deux semaines à lui en traduire chaque ligne. Elle est contente du résultat mais ne veut pas encore entendre parler d'une version en persan.

Une semaine plus tard, Ahmad Wali me téléphone, très ému. Il est à Dubaï depuis cinq jours, enfermé dans un hôtel avec le manuscrit, qu'il trouve très bien. Il me demande juste de couper une scène qu'il juge trop intime. Marie-Françoise et moi sommes infiniment soulagées. Il me complimente pour ma ténacité. Mais surtout, il me dit qu'il est content car il sait que seule sa belle-sœur avait un tel accès aux souvenirs d'Amer Saheb que le résultat sonne vrai, et qu'il est juste que ce soient des femmes qui aient recueilli ainsi une parole de femme.

En septembre 2005, le livre paraît en France[1]. Sediqa ne fait pas la promotion puisqu'elle n'apparaît pas en public. Beaucoup de gens en Afghanistan me félicitent, y compris dans la famille proche de Massoud. Mais le livre est aussi très attaqué, car nous avons touché à un mythe ! Les jalousies s'embrasent.

Ce que je garderai toujours dans mon cœur, ce sont les souvenirs de complicité entre Sediqa, Marie-Françoise et moi, née dans la rédaction de ce livre. Le souvenir d'Ahmad, le fils de Sediqa – et le portrait craché de Massoud – jetant son vélo et entrant, désespéré, dans la maison. Une heure plus tôt, il avait

---

1. *Pour l'amour de Massoud*, XO Éditions.

regardé une émission sur son père à la télévision iranienne et était parti pédaler loin des regards pour que personne ne voie pleurer le fils du héros. Le souvenir d'un fou rire aussi. Aicha, élève si brillante à l'école, interpellant son frère Ahmad : « Dis donc, il faut que tu te décides si tu reprends le flambeau de papa, parce que si ce n'est pas le cas, je me verrais bien présidente d'Afghanistan. »

33

En 2005, le président Karzaï et sa délégation se rendent à Strasbourg et à Bruxelles. L'agenda est important : on vote au Parlement européen pour savoir si le budget quinquennal d'aide à la reconstruction de l'Afghanistan sera reconduit. Lorsque Karzaï voyage, il est entouré d'une noria de conseillers. Pour deux ou trois jours passés à Bruxelles, il faut réserver des chambres d'hôtel pour presque cinquante personnes. On me confie la tâche d'organiser le séjour de cette délégation.

La veille de l'arrivée de la troupe, je reçois un coup de fil embarrassé de mon interlocuteur au Parlement :

– Il y a trois jeunes hommes afghans en face de moi qui prétendent être une équipe « avancée » chargée de vérifier les systèmes de sécurité du Parlement… Je ne te cache pas qu'on est un peu surpris par la demande, on a une certaine expérience en sécurité.

Je demande à leur parler et leur suggère de venir nous voir immédiatement. S'ils veulent jouer les 007, ils sont mal tombés, je m'entends bien avec leur patron dont j'ai fait la connaissance deux ans plus tôt en compagnie d'Abdullah Abdullah. Il était arrivé des États-Unis avec deux de ses cousins. À l'époque, il était encore tout imprégné de sa culture américaine et m'avait été reconnaissant de l'aider à « adapter » ses manières pour ne pas froisser ses interlocuteurs afghans au sein du gouvernement.

L'ambassadeur est contrarié, il s'agit tout de même de l'entourage du président. À peine arrivés, ils me prennent de haut. Lorsque nous leur demandons qui les a envoyés faire ce cirque, ils répondent avec mépris qu'ils prennent leurs ordres du chef du protocole afghan. Le ton monte, je propose de l'appeler, et ils se moquent ouvertement de moi : la délégation est dans l'avion en transit en Turquie. Et une simple femme secrétaire de l'ambassade n'oserait jamais déranger le chef du protocole !

– Composez le numéro.

L'un d'eux s'exécute, cela ne marche pas. Il me toise, satisfait.

Je fais appeler le bureau de la compagnie aérienne afghane, Adriana Airlines, en Turquie (je dois les avoir au moins trois fois par jour au téléphone, ils savent bien qui je suis), et demande à la jeune femme qui décroche où est l'avion présidentiel.

– Très bien, maintenant, dirigez-vous vers le tarmac... Si, si... Bien, vous pouvez monter dans l'avion, s'il vous plaît ?... Si, si... Merci. Vous voyez un grand monsieur très costaud avec des lunettes de soleil ?

– ... Je suis désolée, madame, mais ils sont nombreux à correspondre à cette description.

– Oh c'est facile, c'est forcément celui qui est assis à côté du président... Bien, passez-lui le téléphone, s'il vous plaît.

Elle s'exécute.

– Salut boss, c'est Chékéba. Dis donc, c'est toi qui nous as envoyé trois blaireaux jouer à la CIA au Parlement européen ?

À l'autre bout du fil, mon ami se marre. Les blaireaux tournent sous mes yeux au vert cadavre.

– Je te les passe et tu leur expliques qu'on sait ce qu'on fait ici ? Merci.

Mes James Bond moustachus sont consignés dans leur chambre d'hôtel.

Karzaï est arrivé. Son discours est prévu le lendemain. Nous avions préparé un rapport sur la façon d'intéresser les députés et nous l'avions envoyé au bureau du président plusieurs jours auparavant.

Le soir, au dîner présidentiel, je m'assieds tout au bout de la table. Mais Karzaï, apprenant que je suis sa diplomate locale, et par galanterie envers la seule femme présente, me demande de venir à son côté. Son chef de cabinet, Jawed Ludin, lui apporte le discours pour qu'il le relise. Je ne peux m'empêcher de loucher par-dessus son épaule et ce que je découvre dépasse mes pires craintes. Je lutte pour garder mes lèvres closes, je sais que les convives présents ne supporteront pas que je fasse le moindre commentaire. Karzaï va me remettre en place vertement, mais c'est plus fort que moi :

– Si je peux me permettre, monsieur le président...

Le ministre des Affaires étrangères, Abdullah Abdullah, me jette un regard noir ! Mon interruption va à l'encontre des plus élémentaires règles dictées par la hiérarchie. Le ministre des Finances, Anwar-ul Haq Ahadi, m'encourage du regard.

– Monsieur le président, de votre discours va dépendre le renouvellement du budget au Parlement. Vous ne pouvez pas les remercier à chaque paragraphe pour l'effort déjà accompli sans jamais mentionner la situation critique du pays et ses besoins à venir...

Karzaï ne me répond pas, il tend les feuilles à son chef de cabinet :

– Ludin, va avec Spanta et Hachemi. Réécrivez tout cela.

Rangin Dafdar Spanta, le conseiller de Karzaï en relations internationales, fait partie de la diaspora allemande. Il est 22 h 30. Dans un coin du restaurant, nous nous mettons au travail.

En partant, dans la voiture qui nous reconduit à l'hôtel, Spanta se tourne vers Abdullah Abdullah et lui demande pourquoi je ne suis pas ambassadeur. La réponse est évasive. Le lendemain, le discours remporte un indéniable succès. Et une semaine plus tard, le renouvellement est voté à la quasi-unanimité.

34

De 2002 à 2005, alors que je suis en poste à Bruxelles, je continue de me rendre souvent en Afghanistan pour l'association. Cela me place dans une situation difficile. Je finance mes voyages sur mon salaire, ce qui est la moindre des choses, mais je prends ce temps sur mon agenda de diplomate. Au début, je n'ai pas mauvaise conscience : si on me reconnaît un peu de légitimité dans mes fonctions, c'est parce que je ne suis pas coupée du terrain et que j'entretiens des contacts dans le pays. J'ai même l'impression de mériter ma bonne fortune (un salaire de trois mille euros et un grand appartement de fonction) en redoublant mes efforts « caritatifs ». Il n'empêche qu'aux yeux de l'ambassadeur, mes activités associatives sont un hobby qui m'empêche de me vouer exclusivement à ma tâche. J'en viens à penser que si j'énerve autant, au bout de trois ans, un homme qui m'a vu naître, et qui est si bien disposé à mon égard, je ne dois pas être surprise d'en exaspérer tant d'autres.

Ma position est de plus en plus inconfortable. Tout le personnel de l'ambassade me reproche de gaspiller une partie non négligeable de mon temps à ce qu'ils conçoivent comme des activités d'ordre privé. En Afghanistan, c'est mon statut de diplomate qui attire les soupçons dans mes démarches auprès des administrations pour mon association. Mes interlocuteurs ont si souvent vu leurs compatriotes profiter de leurs fonctions pour se lancer dans de véritables business privés sous couvert de création d'ONG... Et dans mon cas, il leur paraît inconcevable qu'on obtienne ce qu'ils considèrent comme le graal – un poste en ambassade –, qu'on puisse revenir au pays perdre son temps dans l'humanitaire, si ce n'est pour s'enrichir.

Entre mon sentiment de culpabilité réel et les doutes qui s'amoncellent sur mes intentions, l'atmosphère devient pesante. D'autant qu'une autre pensée commence à m'obséder. Quelque chose cloche dans ma posture. Au Parlement, je joue l'empêcheuse de tourner en rond, je bouscule, je court-circuite, je vexe... toujours au prétexte de mieux savoir, d'être plus proche de la réalité de mon pays – un pays dans lequel il me faut bien avouer que, malgré mon implication, mes nombreux voyages et mon origine, je reste une visiteuse, certes, régulière, certes éclairée, mais une visiteuse. Si je veux continuer à convaincre, ce ne peut être en doutant moi-même de ma légitimité. À l'été 2005, je fais face à une évidence que je ne peux plus éluder : je me bats tous les jours pour un pays où je n'ai pas vécu depuis l'enfance. Je ressens, intimement, que se trouve là la limite de mon engagement. Ma mère est morte, je n'ai plus aucune excuse. Il est temps de rentrer en Afghanistan.

35

Juin 2005. Je débarque à Kaboul malgré les exhortations à la sagesse de l'ambassadeur et contre l'appel à la prudence de mes frères Zaman et Daoud. Ce dernier est sur place, fonctionnaire au ministère des Affaires étrangères, depuis quatre ans. Il loue une chambre dans les locaux d'Afghanistan Libre, pour laquelle il donne beaucoup de son temps. Les loyers sont une ressource importante pour le budget de fonctionnement de l'association.

Comme d'habitude, j'ai agi sur une impulsion sincère, mais sans idée précise quant à la suite des opérations. Des connaissances me rapportent que Karzaï sait que je suis venue m'installer et qu'il souhaite que je me présente à son vice-président, Zia Massoud[1], l'un des frères d'Amer Saheb, que je connais déjà.

---

1. Massoud signifie « le chanceux », c'est un pseudonyme qu'avait pris Ahmed Shah en entrant dans la résistance. Ses frères et sœurs n'en ont fait leur patronyme qu'après sa mort. En Afghanistan, très peu de familles ont un patronyme : on appelle généralement les gens par leur prénom suivi de « fils ou fille de X ». Cela ne commence à poser problème que lorsqu'on a besoin de papiers pour sortir du pays. Certains prennent alors comme nom celui de la tribu dont ils descendent. Dans notre cas, « Hachemi » a toujours existé puisque nous sommes des Saids, c'est-à-dire des descendants du Prophète par la dynastie des Hachémites.

Je me rends donc au palais et rencontre Zia auquel a été confié tout le dossier de la reconstruction. Ma formation en finance et en marketing l'intéresse. Il me propose de venir travailler avec lui. J'entends dire par des proches que Karzaï apprécierait que j'accepte cette offre. Étant toujours officiellement diplomate, j'en fais part à mon chef direct, Abdullah Abdullah. Je voudrais accepter le poste auprès de Zia tout en restant attachée administrativement au ministère des Affaires étrangères pour conserver un salaire de diplomate. Il m'explique que ce n'est pas possible et semble sincèrement étonné que je me fasse du souci pour si peu.

Je m'en ouvre à mon entourage, qui croit me rassurer en m'expliquant qu'il me suffira de pointer, comme de nombreux officiels, dans les rangs d'une société de lobbying américaine ou européenne pour compléter mes revenus. Je refuse l'arrangement, accepte la fonction, et me voilà conseillère économique du vice-président pour un salaire mensuel de quinze mille afghanis (trois cents dollars). On ne peut pas vraiment parler d'une promotion, mais j'ai la satisfaction de résoudre un problème personnel beaucoup plus important.

Dans ma famille, personne ne comprend mon choix de partir en Afghanistan alors que je pourrais être confortablement installée en Europe et, pourquoi pas... me marier. C'est ma sœur Suraya qui, en tant qu'aînée, a la charge de relayer ce point de vue. Nos discussions au téléphone finissent toujours par des disputes, que je conclus souvent par des apostrophes véhémentes : « Mais vous n'avez pas honte de vivre tranquillement alors que les gens de votre pays souffrent et subissent des injustices ? Si tu avais été à leur place, tu serais bien contente que je vienne m'intéresser à ton sort... » En général, ces paroles la blessent, elle se récrie, raccroche et, dès le lendemain, son amour et son instinct de protection pour sa petite sœur l'emportent, elle me rappelle et remonte au front. Mon entreprise déloyale de culpabilisation touche aussi sa fibre de bonne musulmane, et elle m'envoie régulièrement de l'argent à distribuer à des familles très défavorisées.

Sohaila et Chakila sont elles aussi très inquiètes. Chakila viendra même passer quelques semaines avec moi pour se faire sa propre idée sur ma vie ici. Elle repartira fière de sa petite sœur, ce qui n'est pas un mince encouragement pour moi.

36

Cette fois, je suis vraiment au cœur des choses : conseillère économique d'un homme chargé de reconstruire un pays. Sous son autorité, pas moins de quatorze ministres. Zia Massoud préside un conseil hebdomadaire les réunissant pour faire avancer le chantier national.

Je suis la seule femme à arpenter le palais de notre ancien roi. Pas de dame sous ce toit, même en cuisine. Je suis fière et appliquée. Je commence par compiler tous les dossiers sur la Banque mondiale, les fonds onusiens et européens. Je partage un bureau avec Hameed, le chef de cabinet de Zia, un jeune homme barbu dont le professionnalisme, la méticulosité et la connaissance des dossiers renforcent quotidiennement mon envie d'être à la hauteur. Il semble accepter ma collaboration sans préjugés et nous nous lançons un certain nombre de défis pour faciliter la tâche du vice-président. Hameed doit se battre tous les jours avec l'administration pour que son chef acquière une visibilité nécessaire à la construction de sa légitimité dans et hors de nos frontières.

Tandis que je prends progressivement contact avec chacune des organisations internationales concernées par notre mission, j'entends parler d'une jeune Afghane prénommée Fawzia qui travaille aux États-Unis et qui a une bonne expérience de l'administration américaine et du mécanisme complexe des lobbies. Elle rentre régulièrement à Kaboul. Hameed et moi la rencontrons et jugeons qu'elle pourrait nous enseigner les arcanes des fameux *think tanks* qui influencent tout un pan de la politique américaine. Nous décidons de la présenter au vice-président avec l'idée qu'elle le formera. Comme moi, elle conjugue des fonctions officielles et une association caritative en Afghanistan dont elle est la fondatrice. Elle s'en ouvre d'ailleurs à Zia afin de lui montrer que son engagement pour le pays dépasse le cadre professionnel. Le vice-président est très intéressé et lui demande de détailler son projet, dans ce qui nous paraît la plus chaleureuse des bases de discussion.

Elle explique qu'elle veut financer des fermes collectives où les femmes afghanes les plus défavorisées s'occuperaient de vaches et bénéficieraient des produits laitiers comme d'un moyen de survie et de commerce. Elle embraie sur le sujet des lobbies.

– Dites-moi, l'interrompt le vice-président, combien de litres de lait produit une vache chaque jour ?

– Eh bien, à peu près cinq, monsieur. Pour en revenir aux *think tanks*…

La discussion n'ira pas plus loin car ce qui passionne le vice-président, c'est le fonctionnement de la ferme, pas celui de Washington. Je fais un constat simple : beaucoup de nos hommes de pouvoir sont, dans le meilleur des cas, de bons hommes d'affaires. Je n'utilise pas ce terme de façon péjorative, je veux juste mettre en lumière l'absence totale de préparation et de formation de nombre de ceux qui ont été parachutés aux plus hautes tâches de l'État. Gouverner s'apprend, c'est une vérité qu'on a tendance à ne même pas verbaliser dans les vieilles démocraties occidentales, mais qui s'érige en mur de la réalité dans un pays en reconstruction comme le nôtre.

Lors du premier conseil des ministres, qui se tient chaque lundi, je me fais toute petite. Un ministre, m'apercevant, se dirige vers moi, me tend son dossier – un appel d'offres pour une cimenterie – et me demande quatorze jeux de photocopies. Il connaît parfaitement ma fonction. Je sais que si je ne marque pas fortement mon territoire, je suis perdue :
– Ah, parfait. Merci, monsieur le ministre, nous avions effectivement besoin de relire votre cahier des charges. La photocopieuse est là-bas, vous seriez très aimable si vous pouviez demander aux assistants d'en tirer un exemplaire pour moi aussi.
Voilà qui est fait, et irrémédiable : il me hait. Pourtant, ce n'est pas de l'arrogance de ma part, juste un réflexe de survie dans ce monde d'hommes trop fiers. Tout comportement qui impliquerait une forme d'obéissance de ma part ne serait pas jugé comme un juste rapport de subordonnée devant sa hiérarchie (je ne suis pas prétentieuse au point de trouver dégradant de faire des photocopies pour un ministre), mais tout simplement comme l'accord tacite de ma condition inférieure de femme. Et une fois ce virage pris, je sais que je ne pourrais jamais remonter la pente. Je ne me fais pas d'illusions pour autant, je n'ai rien gagné, j'ai juste choisi entre un mauvais chemin et un cul-de-sac.
Cet épisode est typique d'un paradoxe qui me définit autant qu'il me fragilise. Dans le feu de l'action, habitée par un objectif à atteindre, je peux me conduire comme une pasionaria. Mais ma nature intime est ambivalente. Il y a aussi en moi une femme obéissante, une « bonne musulmane ». En Afghanistan, je porte le voile, contrai-

rement à mon amie Hassina, par exemple, qui assume très bien ses tenues occidentales malgré les ennuis quotidiens qu'elles lui attirent. On ne me laisserait pas exercer une fonction publique la tête dénudée, mais ce n'est pas la seule raison. Ici, une part culturelle de moi trouve naturel de se soumettre, comme un réflexe, alors qu'en France je suis contre le port du voile en général et pour toutes les femmes. Je suis binationale comme on est bipolaire, soumise et féministe, et seule l'action me hisse au-dessus de ma mêlée intime. La personne au monde qui l'a le mieux compris est sans aucun doute Marie-Françoise Colombani. Je me souviens d'un jour où nous étions dans le Panshir, à Bazarak. Nous traversions un pont quand un officiel du village s'est arrêté pour nous parler. Cet homme était un peu « insistant » dans sa manière de s'adresser à nous. Rien d'inquiétant, rien de franchement déplacé, mais, pour lui répondre, j'avais instinctivement relevé un pan de mon foulard pour soustraire mon visage à ses regards. À la fin de la conversation, Marie-Françoise avait l'air en colère contre moi. Elle m'en voulait de m'être tenue ainsi.

– Mais tu as vu comment il me regardait ?

Ma justification avait mis le feu aux poudres. Je me souviens qu'elle m'avait dit que c'était un comportement de victime, de petite fille, et elle avait raison.

La petite fille en moi est restée docile et apeurée, Sidérée qu'une femme puisse envoyer un ministre faire des photocopies. Et cette femme n'est pas l'enfant devenue adulte. C'est une femme qui coexiste avec l'enfant. Ce jour-là, avant le conseil, je suis tout simplement chargée d'une mission, et la ressource qui me permet d'envoyer promener un homme puissant n'est finalement pas si différente de la raison qui commande à l'enfant d'obéir : c'est l'obsession d'être méritante.

37

Nous partageons une obsession, Hameed et moi : que tout ce qui touche au travail du vice-président soit irréprochable. Nous nous attirons de nombreuses inimitiés en nous instituant systématiquement en « guichet » des dossiers que ses proches tentent de lui donner en main propre. Il nous paraît primordial de mettre en place un protocole et une traçabilité, pour éviter toute tentation de favoritisme et de népotisme – des habitudes profondément ancrées dans la culture afghane, comme dans toute autre culture à composante clanique.

Alors, Hameed et moi devenons des abeilles industrieuses. Dès que nous voyons le vice-président signer un bout de papier, nous le récupérons de force. Quand Zia rencontre une délégation étrangère, nous nous transformons en prompteurs vivants, le collant littéralement avec nos cahiers sur lesquels nous écrivons des remarques que nous lui passons au milieu de ses discussions, parfois avant chacune de ses réponses. Les organisations internationales repèrent évidemment le moindre défaut de leadership et les réunions tournent souvent à un jeu malsain de chat et de souris. Nous sommes les représentants novices d'une jeune nation que ses aînées prétendent aider en profitant sans cesse de son immaturité.

Mais le pire, le plus rageant sur la durée, est de constater chaque lundi que presque tous les projets restent à l'étude et qu'aucun n'aboutit, parce que l'argent que nous demandons pour les mener à bien est régulièrement englouti par des « études de faisabilité ».

L'étude de faisabilité, dans un pays en reconstruction sous perfusion internationale, c'est le plus parfait équivalent moderne du cheval de Troie. Au début, on croit que c'est un cadeau encombrant et de mauvais goût qu'on ne peut pas refuser pour des raisons de politesse élémentaire. Quand on comprend que c'est une arme, il est généralement trop tard. Mais, à notre décharge, la principale faiblesse d'une nation récemment sortie de la guerre, c'est qu'elle a une certaine propension à se croire en paix. La guerre économique est un jeu bien complexe pour qui a passé trop d'années un fusil à la main. Ma culture occidentale et mon parcours auraient pu me préparer à ce type d'enjeux. J'étais une diplomate amatrice. En tant que conseillère, j'apprends lentement et dans la douleur. Comment joue-t-on à ce jeu ? Voici quelques exemples précis de parties, toutes perdues.

PARTIE 1 : LE BARRAGE

Un projet de barrage est soumis au fonds budgétaire pour la reconstruction de l'Afghanistan financé par l'ONU et l'Union européenne.

Ce fonds commandite une étude qui prend dix-huit mois.

L'étude conclut qu'il est pertinent de construire ce barrage.

Malheureusement, l'étude a coûté si cher qu'il ne reste plus d'argent pour lancer la construction.

Soyons clairs, aucune idiotie ou incompétence ne sont à blâmer dans le processus. Que s'est-il passé ?

Un tour de prestidigitation. Comment cela marche-t-il ? C'est très simple. Poursuivons la démonstration par un autre exemple.

PARTIE 2 : LA ROUTE

Dans le cadre du développement économique, on envisag le développement d'une route entre Kaboul et Jalalabad. Ce grand chantier est sous la maîtrise d'œuvre et le financement de l'Union européenne.

Un pays étranger donne dix millions de dollars afin de financer ce projet (la somme est fictive pour faciliter la compréhension, l'exemple ne l'est pas). Cet argent est confié par l'UE à une agence de développement, les professionnels qui vont assurer la maîtrise d'œuvre. Cette agence prélève sur les dix millions, une commission de 20 %. Elle fait un appel d'offres international pour un budget amputé de sa commission : huit millions de dollars. Une entreprise américaine le remporte (de façon tout à fait régulière). C'est une multinationale capable de réaliser ce type de grands chantiers pour ce budget. Comme on parle d'un pays en reconstruction, loin d'être apaisé, la société américaine fait un appel d'offres de sous-traitance, remporté (de façon tout à fait régulière) par une société turque qui a l'expérience des chantiers sensibles. Il lui faut tout naturellement commencer par contracter une société (américaine) spécialisée dans la sécurisation du personnel (turc) travaillant sur des chantiers sensibles. Sur la ligne de crédit de dix millions, il en reste un et demi (les chiffres étaient fictifs, la proportion ne l'est pas). Aucune forme de corruption n'est à imputer au déroulement de l'affaire. Le QI moyen de tous les gens qui se sont penchés sur le projet, depuis sa conception jusqu'au premier coup de pioche, est sensiblement plus élevé que la moyenne. Et contrairement à ce que pourraient insinuer les esprits chagrins, il y a bien eu développement économique. Trois entreprises ont traité un gros chantier participant bien au développement économique de leurs pays respectifs (dans ce cas, les États-Unis et la Turquie, mais le club est plus ouvert).

Quant à l'Afghanistan, il ne peut se plaindre. On lui a bien, au bout du compte, financé une route. Comme il n'y avait pas beaucoup d'argent, on a fait avec les moyens du bord : quelqu'un a oublié qu'en été la température s'élève au-dessus de 40 °C et quand l'automne est venu, la route avait fondu. Mais, bon, on fait ce qu'on peut dans ces pays-là.

L'ironie suprême est que si, comme moi, vous assistez à ce mécanisme de l'intérieur, il peut vous arriver d'être invité dans le même temps à des colloques d'autres organisations internationales qui font des rapports pour dénoncer les vices de ce système.

Je reviens sur un point important de cette démonstration. Aucun des acteurs n'a refusé d'engager des experts locaux. Ce serait trop simple et l'on pourrait rectifier le tir. Non, le problème est qu'il n'y a pas d'experts locaux. Le drame d'un pays comme le nôtre, renvoyé au Moyen Âge par les fondamentalistes, est que la partie de sa diaspora qui a bien réussi n'a aucune raison objective de revenir dans une mère patrie mal sécurisée, et qui offre une qualité de vie dramatiquement inférieure à celle à laquelle ses anciens fils ont accédé, au prix de grands efforts et de sacrifices.

Le drame, donc, est que le premier investissement à faire, le plus important, devrait être dans la formation de la population. Mais là, rien. Aucune ligne de crédit internationale. Peut-être les commissions du gagnant de l'appel d'offres seraient-elles trop faibles ? L'éducation et la formation ne sont sans doute pas d'un bon rapport pour le prêteur.

Je dois être trop pessimiste, c'est certain.

PARTIE 3 : LES BUS

Un gouverneur m'explique un jour qu'il a un cas de conscience. Pour une question de principe, il pense avoir fait une énorme bêtise. Un « pays ami », en charge de la reconstruction de sa province[1], lui a envoyé un émissaire pour lui annoncer une bonne nouvelle : le « pays ami » a débloqué un budget pour équiper sa capitale d'une dizaine de bus. Il n'a qu'un papier à signer. Le gouverneur lit le document et y découvre que les cars sont budgétés pour quatre fois leur valeur. Il alerte immédiatement le responsable de la base du « pays ami » pour lui faire part de sa trouvaille, persuadé que l'intermédiaire est corrompu. Le responsable a l'air un peu gêné et demande au gouverneur s'il a remarqué qu'en plus des bus, figurent deux 4 × 4 destinés à son usage personnel. Le gouverneur répond qu'il n'en a pas besoin. Le responsable lui dit qu'il va étudier la question et qu'il reprendra bientôt contact. Le gouverneur n'entendra plus jamais parler de cette généreuse proposition. Il a pris un parti honorable. La ville n'a pas eu ses bus. Le gouverneur doute de l'efficacité de sa probité.

Je dois être trop cynique. Oui, c'est ça !

---

1. PRT : Provincial Reconstruction Team. Sous le contrôle de l'OTAN (ISAF), ces équipes composées de militaires et de civils d'un même pays étranger ont chacune la charge d'une zone sur le territoire afghan.

PARTIE 4 : LES ORDINATEURS

Voilà justement que le ministre de l'Éducation m'appelle pour m'annoncer une bonne nouvelle : un autre « pays ami » propose de financer nos écoles dans la province de Khost. Le ministre sait que j'ai de l'expérience en matière de construction d'écoles. Il se dit que ça va m'intéresser, et il a raison. Nous voilà partis pour assister à la réunion. L'ambassadeur et le représentant de l'agence de développement du « pays ami » sont un peu contrariés parce qu'ils ne vont pas pouvoir nous faire leur démonstration PowerPoint – il y a trop de coupures de courant au ministère de l'Éducation.

Le ministre me présente, et le jeune représentant m'explique que, grâce à son agence, un budget a été voté au Parlement européen pour... informatiser TOUTES les écoles de la région de Khost. On entendrait presque un rugissant « Tadam ! » de magicien claironner derrière son sourire de Père Noël quand il insiste sur le « toutes ».

Nous échangeons un regard interloqué avec le ministre, qui tente auprès de nos bienfaiteurs un timide :

– Vous ne voulez pas plutôt construire des écoles ? Parce que dans la région, on manque d'écoles...

Mais le voilà aussitôt coupé par le représentant de l'agence de développement, qui vante les bienfaits de l'informatique pour l'essor de la démocratie dans un monde hyperconnecté et hyperglobal.

Le ministre interrompt le jeune représentant :

– Monsieur, c'est formidable, sauf que dans la province de Khost, il n'y a pas de toits sur les écoles. Et pas d'électricité.

Le visage de nos interlocuteurs s'assombrit. Il est

facile d'y lire qu'ils nous prennent pour des idiots et des ingrats. Ils prennent congé sur un : « Eh bien, on en reparlera. »

Les mauvaises langues rapportent qu'une grande entreprise d'informatique dans le « pays ami » était au bord de la faillite. Des milliers d'emplois étaient menacés. La seule chose qui pouvait efficacement la sortir de l'ornière était une très grosse commande. Une ligne de budget a été votée en Europe. S'il n'était pas question que l'Europe vole au secours de la société d'un de ses membres, rien ne l'empêchait d'aider la cause de l'éducation en Afghanistan.

Je dois manquer de vision globale, ou je ne suis pas assez connectée, quelque chose comme ça.

PARTIE 5 : L'ÉCOLE

L'important est de ne jamais se décourager. Peu de temps après, je reçois un appel de la représentante d'une agence des Nations unies, avec une bonne nouvelle à la clé. Elle me demande de venir la voir, dans sa *guest house* de Kaboul. Elle insiste sur le fait que c'est l'expérience de mon association Afghanistan Libre qui l'intéresse. Je me dis que je vais peut-être décrocher une subvention pour le magazine *Roz* et me réjouis.

Les bureaux où elle me reçoit sont assez typiques des « ambassades » des agences à Kaboul : une maison superbe, un jardin de roses, une piscine remplie en période de grande sécheresse, l'air conditionné dans chaque pièce... Le genre de demeure où les portiers ont pour consigne de ne laisser entrer que les Afghans habillés à l'occidentale. Heureusement, je les connais, tous ces gardiens, et ils aiment bien qu'une jeune sœur comme moi entre la tête haute dans les forteresses dont ils ont la charge.

Mon entrevue commence de façon sèche et flatteuse à la fois :

– Madame Hachemi, nos expertes se sont rendues dans la vallée du Panshir pour initier un vaste programme d'alphabétisation des femmes mais, partout, les gens nous disent qu'ils ont l'habitude de travailler avec vous. Pourrions-nous envisager une collaboration ?

Je saute de joie, lui explique que *Roz* sert précisément à ça. Que nos pages pourraient très efficacement faire la publicité de leurs programmes. Elle passe, j'insiste. Elle m'explique que ça ne rentre pas dans la définition de l'action approuvée « au siège » et que je n'ai pas saisi l'ampleur de ce qu'elle propose :

– Nous avons un budget de 300 000 dollars pour alphabétiser plusieurs villages.

Effectivement ! J'étais loin d'envisager une telle manne. Je lui dis que, dans ce cas, je vais lui faire envoyer tout de suite le projet global d'alphabétisation des femmes sur lequel Afghanistan Libre a déjà beaucoup travaillé. Elle me demande de le lui décrire dans les grandes lignes et je lui explique qu'il s'agit de créer dans les villages des ateliers de couture et de confiture. J'enchaîne devant sa mine déconfite :

– Dans le Panshir, les femmes travaillent à la maison et dans les champs toute la journée. Il n'est pas envisageable pour elles de sacrifier une demi-journée à l'instruction. Leurs maris ne les laisseraient jamais faire. Sauf si elles rapportent un salaire. Grâce aux ateliers, on pourrait leur donner chaque jour deux heures de cours sans que qui que ce soit y trouve à redire. L'autre bénéfice serait de les faire sortir de chez elles. Elles pourraient enfin passer du temps entre elles et retireraient de l'expérience un peu d'éducation, un peu de plaisir et un peu d'argent pour mieux vivre.

– Pas question, le budget ne concerne que l'alphabétisation.

J'essaie d'expliquer que l'un n'ira pas sans l'autre. Mais ce que veut « le siège », c'est une école dans un lieu central.

– Les femmes ne feront pas quatre heures à pied aller-retour chaque jour, en traversant des villages. Leurs maris le leur interdiront formellement.

Non. Je suis trop butée, l'enveloppe est définie, et mettre en place des ateliers ne passera jamais.

– Qu'à cela ne tienne, on a pensé aussi à une méthode moins ambitieuse mais facile à mettre en place. Dans chaque village, on choisit la maison d'une femme pour faire classe. En échange de sa participation, chaque élève repart avec un peu de bois de chauffage, comme ça les maris sont contents, surtout qu'elles ne quittent pas le village. On en a déjà discuté avec les maires, ils sont d'accord.

Non. Non. Non. Ça déborde du cadre. « Le siège » veut un bâtiment, beau et moderne, avec un panneau qui met en valeur le bailleur. Un lieu qu'on pourra filmer, prendre en photo.

– Je suis désolée, mais je ne peux pas m'occuper de votre projet.

– Mais vous êtes folle !

Nous nous séparons dans une atmosphère glaciale. Avant de quitter son bureau, je ne peux m'empêcher de lui demander :

– Vous avez déjà discuté avec des Afghanes ?

– Il se trouve que je m'entends très bien avec deux d'entre elles.

Je ne suis pas surprise, quand je pousse la curiosité un peu plus loin, de découvrir qu'elle parle de sa femme de ménage et de sa cuisinière, dont je doute qu'elles se sentent, face à leur patronne, très libres dans la discussion.

Son projet n'a jamais vu le jour.

GAME OVER.

38

De notre côté de la barrière, les choses ne sont pas plus reluisantes. Un jour, en arrivant au ministère, je croise un mastard en costume qui sort du bureau du chef de cabinet en se tenant la joue et en vociférant : « Je le tuerai ! » Je pénètre dans le bureau pour découvrir Hameed jetant par la fenêtre des papiers et un trousseau de clé, et hurlant au garde en contrebas : « Donnez tout cela à la pourriture qui va sortir et ne le laissez jamais plus entrer ! »

Je n'en reviens pas. Le chef de cabinet, un homme si fin et si poli, vient de gifler quelqu'un. Il m'explique que « la pourriture », un homme d'affaires afghan, lui a apporté un titre de propriété et les clés d'un somptueux appartement à Dubaï en échange de sa promesse de faire passer, au conseil des ministres du lundi suivant, son dossier dans l'appel d'offres pour l'attribution d'une exclusivité sur une ligne de cargo aérien.

– Mon père était président de la Cour suprême d'Afghanistan quand elle a ratifié le principe que toute personne est innocente jusqu'à preuve du contraire. Il est mort d'une crise cardiaque sous le gouvernement Rabbani parce que je n'avais pas de quoi lui payer des médicaments pour le cœur. Et ce type croit qu'il va m'acheter avec une paire de clés ?

Il y a plus idéaliste que moi au pays de l'ironie. Et lui aussi gagne trois cents dollars par mois.

Le plus dur face à la corruption, ce n'est pas de résister à la tentation, c'est l'usure ressentie quand il vous semble que tout le système est gangrené. En 2005, le premier parlement démocratique a été mis en place. Mais avec une faiblesse dans notre constitution : en effet, chaque ministre nommé par le président doit être approuvé par le parlement. La rumeur veut que les parlementaires s'enrichissent beaucoup au moment de ces nominations.

Traditionnellement en Afghanistan, on ne demande jamais l'origine des fortunes personnelles. Certaines personnes peuvent du jour au lendemain accrocher des chandeliers en cristal importés de Dubaï sur leur terrasse en marbre fraîchement construite sans que personne en soit choqué. Hameed me répète souvent : « Quand un homme politique construit sa maison, c'est qu'il a vendu un peu de son pays. S'il veut construire son pays, il lui faut vendre sa maison. » Il parle en connaissance de cause et a effectivement vendu sa maison pour pouvoir se consacrer à la politique.

Le drame, encore une fois, est l'absence de formation des élites. Tout le système du pouvoir repose sur le plus absolu népotisme. La conséquence est qu'il n'y a jamais de continuité dans les missions. Tout est éphémère, à tous les postes. Le système est fait pour qu'on ressente l'urgence de profiter de sa nomination dans le but d'assurer un peu son futur.

Dans d'autres pays, la corruption est omniprésente, mais elle n'empêche pas tous les projets d'avancer. Ce que je découvre ici est effarant. Les mêmes commandants qui risquaient courageusement leur vie pour la liberté montrent un mépris le plus total du bien public maintenant qu'ils ont remporté la victoire. Le pays connaît la famine, alors que ce n'était pas le cas pendant les vingt dernières années de guerre. La faune des cabinets ministériels ne sort jamais de Kaboul.

Un jour, avec Hameed, il nous vient une idée étrange : nous reprenons tous les projets de l'année précédente et, à l'ouverture du conseil des ministres, suggérons au vice-président de commencer par faire un point informel. Il trouve l'idée bonne et se lance, s'attirant l'ire des participants : « Mais, monsieur le vice-président, ce n'était pas à l'ordre du jour. »

39

En février 2006, un renfort providentiel se présente sous les traits de Brigitte Bataille, qui est devenue une amie depuis l'épisode du voyage qu'elle avait organisé quatre ans auparavant. Il n'y a pas à Bruxelles défenseur plus acharné de la cause des femmes afghanes. Elle a obtenu du Parlement d'être détachée deux mois à Kaboul pour travailler sur un chantier passionnant et complexe : la formation des premières femmes élues au tout nouveau parlement afghan. Les femmes représentent 27 % du corps législatif, une avancée significative. Elles y siègent depuis deux mois sans aucune formation préalable, ce qui ne les distingue en rien des hommes, mais n'en représente pas moins un sérieux problème.

Les deux premiers jours sont employés à trouver une salle où faire cours. Nous respectons les procédures, mais le président de l'assemblée, Yunus Qanooni, ravi de cette initiative, nous facilite la tâche en mettant à notre disposition un bureau dans l'enceinte de l'assemblée nationale.

Brigitte a accepté des conditions de vie très simples pour mener à bien sa mission : elle est hébergée par le représentant de la Communauté européenne et, tous les matins, elle vient très tôt au bureau d'Afghanistan Libre où elle commence par travailler à la préparation de ses cours avec une traductrice. Ensuite, elle se rend au Parlement, enseigne pendant la journée, puis me rejoint. Il nous faut encore travailler toute la soirée à « l'adaptation de son programme » : il y a un véritable gouffre entre le matériau pédagogique qu'elle a apporté dans ses valises et le niveau de ses élèves. Elle ne se ménage pas durant ces deux mois et finit même par donner des cours du soir à Qanooni lui-même, qui a exprimé l'envie de parfaire ses connaissances – démontrant au passage un bel esprit de curiosité et d'envie de progresser, pour un homme aussi puissant, au pays de l'amour-propre.

La veille du départ de Brigitte, je décide de nous octroyer le plaisir d'un dîner au restaurant « entre amies ». C'est bien la nature féminine de ce tête-à-tête qui m'a retenue de lui proposer plus tôt un loisir aussi bénin, car il y a peu de lieux de sortie « décents » pour une femme afghane. Mais c'est son dernier soir et nous avons vraiment le sentiment d'avoir accompli quelque chose, alors... Nous dînons au restaurant du très respectable Hôtel Serena, construit par la Fondation Agha Khan. Un endroit si bien fréquenté qu'il devrait être au-dessus de tout soupçon.

Le lendemain, Brigitte est de retour à Bruxelles et je me retrouve à un déjeuner officiel donné par le vice-président. C'est un rendez-vous qu'Hameed et moi lui avons conseillé de tenir de façon régulière pour réunir autour de lui des représentants du plus grand nombre possible de secteurs de la société civile. Sont présents des hommes d'affaires, d'anciens commandants, des ministres, des députés, des directeurs d'école, des femmes actives... Ce jour-là, le vice-président m'apostrophe en public avec une ironie un peu trop appuyée : « Alors, Chékéba, tu étais de sortie hier soir ? » Je vais pour répondre un innocent : « Mais oui, vous savez que mon amie Brigitte Bataille... » lorsque je réalise que cette question, posée en public et sur ce ton, est tout sauf innocente. Mon regard est à ce moment-là attiré par un aide de Zia, qui me désigne d'un air complice un vieux commandant du Panshir à l'autre bout de la table. Je me souviens de l'avoir croisé la veille au restaurant, et son air affreusement gêné n'apaise pas ma colère. J'enchaîne sans répondre au vice-président :

– Commandant ? Au fait, comment s'est finie cette histoire de *shingari* dans votre village ?

Le *shingari* est une pratique « honteuse » dans les campagnes afghanes. Cette forme de mariage extorqué par les femmes est la hantise de tous les hommes : une jeune femme débarque à l'improviste avec ses bagages dans la maison des parents d'un jeune homme, qui n'ont plus d'autre choix, en théorie, que les marier. C'est parfois une façon pour des amoureux de « forcer la main » de leurs familles. Mais la pratique est si limite que de nombreux *shingari* dégénèrent en vendetta. Or celui que j'ai mentionné concerne la famille du commandant. Je viens ni plus ni moins de lui dire de s'occuper de ses affaires, devant tout le monde.

40

En ce mois de mars 2006, Daoud est nommé à notre ambassade de Genève. Je suis triste de le voir partir et décide de déménager Afghanistan Libre dans Klola Poshta, un quartier plus éloigné du centre et donc moins onéreux. Nous y trouvons une maison de deux étages, très simple, mais jolie. Au rez-de-chaussée, nous installons les deux bureaux de l'association. Il y a aussi un grand salon et une cuisine. Au premier, trois chambres (la mienne et celles des deux bénévoles françaises en mission pour six mois) et une petite salle de bains où nous chauffons l'eau sur un poêle pour nous laver.

Après quelques efforts de décoration, notre logis devient presque coquet. Nous accrochons aux murs de magnifiques *suzani*[1], et commandons à un menuisier des étagères pour accueillir notre maigre bibliothèque et les quelques pièces de verrerie d'Hérat que nous avons chinées dans Chicken Street. Ces dernières deviennent rapidement une blague récurrente entre nous grâce à la femme de ménage ; elle ne comprend pas qu'on puisse exposer de vieux verres ébréchés, refuse par conséquent de les épousseter, et préfère consacrer un culte hygiénique au poste de télévi-

1. Célèbres tissus brodés afghans.

sion, qu'elle est allée jusqu'à recouvrir d'un tissu brodé par ses soins.

La maison dispose aussi d'un jardin dans lequel nous plantons un petit potager où vont rapidement pousser salades et herbes aromatiques. Une dépendance y abrite les deux bureaux dédiés au journal *Roz*.

Je consacre le vendredi (férié dans les pays musulmans) à Afghanistan Libre, mais tous les jours, la maison est une fourmilière. La nuit, comme nous ne pouvons pas nous payer des gardes professionnels, les trois hommes afghans employés par l'association (un chauffeur, un logisticien et un manutentionnaire) se relaient pour que nous ne nous retrouvions jamais seules. C'est une solution pratique, économique et « acceptable ». Si un homme étranger dormait dans cette maison, cela deviendrait immédiatement une source de scandale. La première question que me posent mes interlocuteurs afghans qui me savent célibataire est invariablement : « Vous habitez avec quel membre de votre famille ? »

Tous les soirs, nous recevons. Je passe en cuisine et improvise des dîners « nappe ouverte » qui me font invariablement penser à mon père et à son culte de l'hospitalité. La maison devient rapidement un rendez-vous rassemblant aussi bien des hommes très influents que d'autres tout à fait modestes : il n'est pas rare qu'autour du même repas on trouve un gouverneur, un ministre, un journaliste, un chauffeur et un maçon en grande conversation sur l'avenir du pays. Les puissants et les faibles échangent librement leurs préoccupations quotidiennes. Cela donne parfois quelques scènes cocasses, comme ce ministre des Affaires tribales qui, sous l'œil éberlué des gardes du palais présidentiel, interpelle familièrement un chauffeur pour lui demander des nouvelles de son fils malade.

Cette « vie sociale » est à double tranchant. D'un côté, elle renforce les arguments de ceux qui me considèrent – ou trouvent un intérêt à me présenter – comme une femme inconvenante. « Mais que font ces hommes puissants chez elle ? » En même temps, ma proximité avec ces « hommes puissants » freine un peu les plus virulents de mes détracteurs qui ont peur de se les mettre à dos. Cette exigence d'irréprochabilité dans les mœurs est intenable dans une société aussi phallocrate. Hameed, le chef de cabinet, étouffe autant de ragots qu'il peut pour me protéger, mais le bourdonnement des médisances est incessant. Dans l'entourage du vice-président, on s'indigne, par exemple, que je puisse me tenir près de lui durant les retransmissions télévisées du conseil des ministres du lundi. Cette simple proximité est si choquante pour beaucoup qu'elle devient pour moi une obsession et que je ne sais plus où me cacher sans que cela se remarque dès qu'apparaissent les caméras. Le vice-président fait des remarques lorsque Hameed et moi restons travailler tard au bureau. J'ai du mal à trouver la mesure et me fais du tort maladroitement en répondant souvent trop vertement aux insinuations désagréables.

Sur le plan matériel, ma situation n'est pas enviable, mais elle est supportable. Mon salaire est inconciliable avec mon train de vie pourtant spartiate, mais, en puisant dans mes économies et en chassant la moindre dépense superflue, je m'en sors. En revanche, ma pauvreté toute relative obsède certains membres attentionnés de ma famille. Mes sœurs Suraya, Chakila et Sohaila se lamentent chaque fois qu'elles m'ont au téléphone, et me plaignent comme si j'étais un moudjahidine au front. Elles sont préoccupées en tant que sœurs aimantes et aussi sur un plan religieux. Un des piliers de l'islam est la charité, et il leur semble honteux de ne pas m'aider. Nazim, le chauffeur de l'association à qui je m'en suis ouverte, me souffle la solution : j'accepte l'aumône familiale et lui recense quelques familles très démunies à la périphérie de Kaboul. Grâce à la générosité de mes sœurs, nous achetons tous les jeudis un mouton que le boucher vient, dans notre jardin, tuer, préparer et emballer en petits paquets dont Nazim assure ensuite la distribution. Les expatriées françaises qui travaillent pour l'association sont toujours émues de voir arriver le joli mouton et toujours horrifiées de le voir transformé en petits paquets.

Le reste de ma famille connaît à cette époque des fortunes très diverses. Daoud est heureux à Genève avec son épouse Anne (la jeune femme que nous avions recrutée à Bruxelles pour nous aider à l'ambassade). Zaman, à Paris, affronte un divorce houleux et se bat pour la garde de sa fille. Mohammed Shah prospère à Kaboul. Je n'ai plus de contact avec Zaher, Zarin et Saber.

41

Été 2006. J'ai le plaisir de retrouver mon amie Astrid Ullens à Kaboul. Elle a été très marquée par un reportage sur les veuves de Bamiyan projeté pendant une soirée d'Afghanistan Libre. Ces veuves vivent dans la plus extrême pauvreté, dans les grottes des bouddhas détruits où elles ont réuni autour d'elles une horde d'orphelins affamés. Astrid a décidé de venir à la rencontre de ces femmes pour essayer de les aider. Sans doute a-t-elle aussi l'impression de reprendre enfin le flambeau de sa mère. Quelques semaines auparavant, lors d'un passage à Bruxelles, j'avais découvert une facette inattendue de ma nouvelle amie. Je devais passer chez elle pour l'aider à préparer ses affaires en vue de son voyage. Durant les trois années précédentes, à Bruxelles, j'avais toujours vu Astrid chez moi. Je l'avais prise pour une femme simple, qui ne rechignait ni à la cuisine ni à la vaisselle, s'habillait sans ostentation. Je me doutais qu'elle était relativement aisée puisque c'est son propre argent qu'elle comptait offrir aux veuves de Bamiyan, mais je ne pouvais imaginer son véritable statut social avant de visiter le petit palais qui lui servait de demeure en Belgique.

À l'aéroport de Kaboul, alors que je viens l'accueillir avec Nazim, elle me réserve une deuxième surprise en saluant ce dernier dans un curieux sabir. Je mets quelques secondes à reconnaître un persan étrangement archaïque. Je l'interroge, et Astrid m'explique qu'elle a voulu effectivement me surprendre en étudiant d'arrache-pied notre langue pendant trois mois auprès d'une de ses amies, membre de la famille du Shah en exil... Une vraie princesse, mon Astrid.

Nous filons immédiatement à Bamiyan. C'est une province chère à mon cœur, car la seule à être gouvernée par une femme, mon amie Habiba Sorabi. C'est la région la plus aride et isolée du pays, et celle où le peuple est le plus doux et respectueux des femmes.

Depuis que je connais la réalité de ses origines sociales, et gardant à l'esprit qu'elle est nettement plus âgée que moi, je m'inquiète un peu de la façon dont Astrid va supporter nos conditions de vie sur place. Pendant deux semaines, elle va dormir par terre, sans accès à l'eau courante ou à des sanitaires, suivant un régime presque exclusivement composé de pommes de terre... Astrid survole ces contraintes avec légèreté. Elle pille le bazar of Bamiyan pour ravitailler les veuves en aliments de base et en charbon. Elle se démène et dépense sans compter, et surtout sans pathos missionnaire. Je l'observe un jour s'entretenir pendant des heures avec une vieille Afghane édentée, les deux femmes communiquant dans une langue inventée pour l'occasion, à la grammaire très visuelle, et ponctuée de sanglots. Je comprends vaguement que la vieille dame a pris Astrid pour le gouverneur et lui raconte ses soucis les plus intimes. Je ne dis rien, il est évident que ce moment de partage leur fait à toutes les deux beaucoup de bien.

Ce sont ces instants improbables qui m'aident à tenir. La politique est une spirale de renoncements et me donne l'impression déprimante de faire du surplace. Astrid, en plus de ses dons, finance la construction par Afghanistan Libre de plusieurs puits dans le village et ses environs. L'humanitaire ne sera jamais qu'un palliatif à l'absence de politique, je le sais pertinemment, mais un puits, c'est de l'eau à boire, et une victoire contre tant de maladies liées au manque d'hygiène. C'est concret. Cela aide des familles. Cela ne change rien à l'état d'un pays. C'est éphémère parce qu'il faudra bientôt creuser dix mètres plus profond. Cela témoigne qu'une princesse est venue donner un peu d'argent et de temps. On peut s'en moquer, de loin. Moi, ça me fait tenir.

42

Tenir grâce aux amis qui s'engagent, aux politiciens comme Brigitte et, surtout, grâce aux Afghans remarquables. Hameed est l'un d'eux. Assadullah Khaled, le gouverneur de la province de Ghazni (l'homme de l'affaire des bus), un autre. Assad avait seize ans quand les Russes ont envahi le pays. Une délégation de sa province était venue le chercher au lycée pour lui donner la place de son oncle, un commandant moudjahidine mort au combat. Il lui a fallu tout apprendre sur le tas. Après le départ des Russes, il a été l'un des premiers commandants pachtouns à rallier Massoud.

En 2003, alors que j'étais encore en poste à Bruxelles, Afghanistan Libre avait pour projet d'installer une imprimerie dans la province de Ghazni. Un imprimeur français qui avait fait faillite nous offrait ses machines et nous avions obtenu de l'armée belge qu'elle les achemine à Kaboul. Notre but était de monter un groupe de presse en installant une branche de l'imprimerie nationale dans la province d'Assad. Je ne le connaissais pas, mais je savais qu'il était un ami de mon frère Mohammed Shah et qu'il s'était rendu deux fois en France pour un projet de jumelage. On me l'avait souvent décrit comme un jeune gouverneur insolent et je le redoutais un peu. En revanche, j'avais une image très favorable de sa province qui abritait autant de Pachtouns que de Tadjiks et de Hazaras, ainsi qu'une minorité sikh, et où tout ce petit monde vivait de façon plutôt harmonieuse.

En 2003, Daoud m'avait informé qu'Assad était de passage à Kaboul où il possédait une maison. Nous partîmes le rencontrer pour lui demander s'il approuvait le projet et voulait bien lui donner son accord. Il nous fallait aussi le convaincre de trouver un local et d'organiser le transport des machines. Son accueil fut des plus chaleureux. Il était particulièrement fier de ce qu'il avait fait pour la cause des femmes – nous apprîmes qu'il était le premier gouverneur à accepter qu'une télé locale emploie des speakerines. Une équipe de journalistes belges de la RTBF arrivant le lendemain pour une série de reportages sur l'Afghanistan, je proposai à Assad que nous les emmenions à Jaghori, un village hazara sous sa juridiction, à neuf heures de route de Kaboul. Sous le règne des talibans, c'est le seul endroit où ils n'avaient pas réussi à faire fermer l'école de filles. Jaghori est en effet si difficile à atteindre par la route que ses habitants pouvaient voir arriver les talibans de loin, ce qui leur laissait le temps de « camoufler » cette activité blasphématoire. Assad me dit que cela tombait bien : il devait justement se rendre le lendemain dans ce village pour inaugurer un lycée féminin et il lui manquait un peu d'argent pour boucler le budget. En appelant Paris, je trouvai les quelques milliers d'euros nécessaires. J'appelai ensuite les journalistes qui furent immédiatement emballés par le sujet. L'affaire était conclue.

Daoud et moi nous attardâmes chez lui. Un peu plus tard dans la soirée, un de ses hommes vint le chercher et lui parla longuement à l'oreille. Le visage d'Assad fut soudain gagné par un sentiment où je crus déceler de la tristesse. Il s'excusa auprès de nous et se rendit dans une pièce attenante. Je ne pus m'empêcher de me lever et d'observer furtivement ce qui s'y déroulait. J'eus juste le temps de voir un jeune homme barbu se jeter aux pieds d'Assad, visiblement bouleversé, avant que ses hommes ne ferment la porte, mettant fin à mon indiscrétion.

Au bout d'un long moment, Assad nous rejoignit, hagard. Je ne cachai pas mon intérêt :
— Pourquoi pleurait-il ?
— Tu es bien curieuse.
— Je reste une femme...

Il éclata de rire. Je sentis que cette remarque le libérait d'un poids. Il me raconta que ce jeune homme avait été endoctriné dans les camps talibans du Pakistan, puis renvoyé à Ghazni avec pour mission de glisser dans les chaussures d'Assad une poudre empoisonnée pendant la prière du vendredi à la mosquée. Il avait reçu vingt mille dollars pour cela. Mais quand il était rentré, il avait d'abord revu sa famille, et ses proches lui avaient rapporté un fait qui l'avait conduit à renoncer à ses plans meurtriers : lorsque son père était mourant, tout son village s'était détourné de lui parce que son fils était un taliban, et c'est Assad qui était venu à son aide.

Le lendemain, Daoud et moi partîmes en compagnie du gouverneur et de nos journalistes sur les routes sinueuses menant à Jaghori. Consciente d'être en mission officielle au côté d'un gouverneur pachtoun, je m'étais couverte de pied en cap malgré la chaleur : pantalon, robe sur le pantalon et grand foulard blanc. J'avais même rhabillé une journaliste que je trouvais un peu provocante pour cette province reculée.

Les neuf heures de route furent éprouvantes et nous arrivâmes fourbus. J'avais sué sous ma combinaison respectable, souffert sous le brasier. Mais la fatigue s'estompa devant l'accueil des villageois. On nous souhaita la bienvenue sous des banderoles amicales et par des chansons, le maire vint nous accueillir entouré de jeunes. Il y avait aussi là un Afghan de la diaspora canadienne originaire de Jaghori qui était revenu pour aider, notamment financièrement, à la construction de ce lycée magnifique qui surplombait maintenant la vallée. Sur la place, une estrade et des chaises nous attendaient. Le gouverneur me fit asseoir à côté de lui sur le podium. Je m'étouffai de rire et de honte en découvrant l'assemblée : les premiers rangs étaient occupés par des femmes coquettes, bien habillées, en jupe et collants, soigneusement maquillées et aux foulards discrets et colorés. Elles se tenaient droites et fières de leur mise, jambes croisées, les hommes derrière. Et moi, je dégoulinais dans mes habits grotesques. Je quittai l'estrade avant le début du discours d'Assad pour rejoindre la directrice et lui annoncer que nous lui apportions un peu d'aide financière. En m'asseyant à côté d'elle, je me présentai.

– Bonjour, je m'appelle Chékéba Hachemi et...

– Vous êtes la traductrice ? On m'a dit qu'il y a avec vous une de nos sœurs qui vient de Paris. Où est-elle ?

J'avais bien relevé tout l'espoir d'élégance et de raffinement que recouvrait pour elle le mot magique de « Paris ». Et ce fut un crève-cœur de lui annoncer que j'étais cette femme-là. Elle ne put s'empêcher de me scruter de la tête aux pieds. De toute ma vie, je n'avais jamais autant déçu quelqu'un.

Nous passâmes à Jaghori deux journées magnifiques. L'inauguration du lycée était joyeuse. Je pus constater de mes yeux qu'un gouverneur pachtoun pouvait être aimé de ses administrés hazaras. Il suffisait que la réciproque soit sincère, une constatation banale mais enthousiasmante dans un pays à la longue tradition de rivalités ethniques.

Quatre ans plus tard, alors que j'ai troqué mes habits de diplomate pour ce poste auprès du vice-président, Assad lui aussi a changé de fonction : il est à présent gouverneur de Kandahar. La situation du pays s'est nettement dégradée. Les talibans ont repris confiance et multiplient les attaques dans toutes les provinces frontalières du Pakistan. Kandahar, fief historique du mollah Omar[1], est de loin la ville la plus dangereuse d'Afghanistan. Je suis restée en contact régulier avec Assad et lui ai plusieurs fois envoyé des délégations de journalistes pour soutenir ses initiatives.

En ce printemps 2007, je me rends dans sa ville pour recruter des femmes qui pourraient devenir des contributrices pour *Roz*. (Nos contributrices kaboulies ne peuvent pas prendre le risque de se rendre elles-mêmes sur place pour jouer les reporters.) Hameed m'accompagne pour rédiger un état des lieux pour le vice-président. Les attentats font partie du quotidien. Je rencontre des policières, des institutrices, notamment une prof formidable que je voudrais interviewer. Je lui propose un rendez-vous pour le lendemain et me rends dans sa maison aux premières heures du jour. Je suis étonnée par la ferveur avec laquelle elle serre ses enfants dans ses bras avant d'aller travailler. Elle m'explique qu'elle n'est pas certaine de revenir ce soir. À l'école, nombreuses sont les femmes professeurs et

---

1. Mohammed Omar, chef spirituel des talibans.

les étudiantes qui ont déjà été victimes d'attaques brutales, souvent des projections d'acide sur le visage. Dix sont déjà mortes, elles ne sont plus que trois à enseigner. Être témoin de ce courage est bouleversant. Je la serre à mon tour dans mes bras. Elle part rejoindre sa classe.

Je retourne à la préfecture où je loge. Assad nous y attend pour nous emmener hors de la ville admirer les premiers cerisiers en fleur. Un convoi de trois voitures est prêt à nous transporter. Au moment de monter, Assad décide qu'il veut conduire lui-même et change de voiture. À peine nous mettons-nous en route que de violentes explosions retentissent. Des tirs de roquettes. La voiture devant nous, celle où aurait dû se trouver le gouverneur, et sans doute Hameed et moi-même, est pulvérisée. Ses hommes se précipitent à la poursuite des talibans pendant que nous rentrons, sonnés, à la préfecture. Assad est las. Il m'explique que, ces derniers temps, il a vu tellement de cadavres qu'il ne peut plus manger de viande.

43

En avril 2007, le nouveau ministre des Affaires étrangères, Spanta, me convoque. Il me laisse entendre que les menaces contre moi se font de plus en plus précises et qu'il serait inconscient d'ignorer les rumeurs. Pour mon bien, il faut que je l'admette et que je parte. Il vient de nommer un nouvel ambassadeur à Paris, un homme qui était en poste à Genève et me propose de travailler à ses côtés. Tout ce que je sais de cet homme, c'est qu'il n'a mis les pieds en Afghanistan qu'une fois au cours des vingt-cinq dernières années. Je demande à Spanta pourquoi il ne me nomme pas à sa place. Après tout, c'est lui qui, deux ans auparavant à Bruxelles, avait fait remarquer à Abdullah Abdullah que j'étais « taillée » pour le poste. Sa réponse ne me surprend pas :

– C'est impossible, les gens diraient que tu es ma protégée.

Je pars. Je n'ai pas la vocation du martyr, alors je pars. Sur un échec. Je ne suis pas malheureuse de rentrer en France, mais je pressens que ma position va être difficile à tenir à l'ambassade. Il va notamment me falloir y recevoir un grand nombre de personnes dont j'ai dénoncé les agissements.

Je m'étais trompée : ma position n'aura pas à être

tenue bien longtemps. Je découvre rapidement un certain nombre d'agissements qui me rappellent ce contre quoi je luttais à Kaboul. Je rassemble des preuves, envoie un dossier. On me répond de l'oublier en attendant d'être nommée moi-même ambassadeur quelque part. Je fais mes cartons, envoie ma démission.

C'est ainsi que s'est conclue ma carrière politique et diplomatique. Sur un échec sans appel. Je n'aurai pas réussi à trouver ma place, ou plutôt pas réussi à la conserver. Je doute franchement que mon action au gouvernement aura laissé des traces. Il ne s'agit pas d'un acte de contrition, mais il est important de regarder les choses en face.

Ce que j'ai gagné durant ces années de service, ce sont de nombreuses amitiés qui m'auront aidée dans mon engagement associatif. J'ai conscience qu'en écrivant ces mots, je donne raison à ceux qui me reprochent précisément cela : avoir été une engagée humanitaire qui s'est crue capable de faire de la politique. Le procès en compétence de mes détracteurs aura finalement rejoint ma propre terreur permanente d'illégitimité. Je suis fière de chaque école ouverte, de chaque puits creusé, de chaque élève scolarisé grâce à l'association. Mais je ne peux aucunement prétendre avoir contribué à améliorer la situation globale en Afghanistan. Mon pays va bien plus mal aujourd'hui que lorsque j'ai accepté de rejoindre le bureau du vice-président.

Mon parcours est sans doute, malgré moi, un cas pratique des relations troubles qu'entretiennent engagement humanitaire et engagement politique. Peut-être les qualités requises par le premier domaine sont-elles irrévocablement contradictoires avec l'exercice du second. J'ai aimé être diplomate à Bruxelles, j'ai aimé travailler pour le vice-président. Je l'ai fait avec mes armes qui n'étaient peut-être pas les bonnes : l'impatience, le volontarisme, l'irrespect des protocoles, l'insolence – cette damnée insolence qui m'a toujours portée et protégée de mes doutes – ne sont venus à bout d'aucun obstacle. En six années au gouvernement, aucune de mes actions n'a véritablement fait avancer la cause des femmes afghanes. En revanche, la pratique temporaire de la politique m'a conduite à être étiquetée aux yeux de certains reporters occidentaux comme « pro-Karzaï », « pro-Pansheri » et même « pro-seigneurs-de-guerre ». Avant tout cela, j'étais déjà réduite à une « pro-Massoud ». Devrais-je regretter mon engagement auprès de Massoud parce qu'il partageait la lourde responsabilité des conflits meurtriers de la guerre civile des moudjahidines ? Je le savais quand je l'ai rencontré. « Pro-Pansheri » ? Comment ne pas être attachée à la région où vous avez le plus donné et qui vous a tant rendu en retour ? « Pro-seigneurs-de-guerre ? » Même si je n'aime pas ce vocable et lui préfère celui de « commandants », j'avoue volontiers que les hommes que j'ai connus se battant contre les Soviétiques, puis contre les talibans ont à mes yeux un petit crédit supplémentaire que les « laveurs de chiens ». Pourtant, et j'espère que ce livre l'aura suffisamment montré, je crois et j'admire les hommes et femmes politiques qui rejoignent la lutte par le biais de la diplomatie ou même de la bureaucratie. Mais il est vrai que je n'ai pas jugé avec la même sévérité les fautes commises par les anciens soldats et celles des nouveaux administrateurs. Une autre erreur politique de ma part, sans doute. J'ai montré de façon publique que j'étais plus choquée par le business des agences de développement que par les zones d'ombre de certains anciens commandants de la résistance. Bien sûr, je vois la limite du raisonnement. Mais si je suis persuadée que le mode de fonctionnement des agences de développement encourage le pire chez nos dirigeants, n'ai-je vraiment aucune légitimité politique à choisir entre deux maux ?

Je prétends que rien, absolument rien, n'était et ne sera pire que les talibans. Certains spécialistes de la région pensent que ce raisonnement est anti-pragmatique, voire qu'il conduit à une forme de relativisme partisan (il est de bon ton, par exemple, de remettre en question l'action de Massoud en s'appuyant sur ses fautes, réelles). Pourtant, je l'affirme encore, il y a un monde d'inhumanité entre un chef moudjahidine traditionnel et un taliban. Affirmer que rien n'est pire que les talibans, ce n'est pas fermer les yeux sur les rivalités claniques, sur la corruption ou la misogynie de ceux qui les ont remplacés. Critiquer les dysfonctionnements des institutions internationales n'est pas refuser l'aide ou même l'ingérence. Et tenir ces positions n'est pas se cantonner dans un idéalisme candide. Mais la question que cela pose est, effectivement, celle du temps et du champ d'action de la politique. De sa sémantique, de sa grammaire, des articulations de sa logique et des calculs incessants qu'elle opère sur les gains et les pertes, le court et le long terme.

Je ne veux pas me poser comme la prophétesse d'un « monde injuste ». La réalité est que j'ai croisé dans ma vie plus de gens de bonne volonté que de profiteurs. La réalité est que je suis chaque jour abasourdie par le temps, les efforts et l'argent que tant d'individus sont prêts à offrir pour une cause qui ne les concerne pas directement. Je pense même que nous vivons dans une époque qui va de plus en plus valoriser le don de soi et la générosité. La plupart des jeunes que je rencontre ne peuvent concevoir leur vie sans un engagement d'une sorte ou d'une autre. J'ai simplement peur que la situation afghane ait déjà tellement dégénéré qu'il ne soit trop tard pour sortir du cycle de la misère et du chaos. J'entends trop de voix raisonnables parler aujourd'hui de reconsidérer les talibans comme des interlocuteurs, au nom de la réalité du terrain. C'est peut-être une pensée d'amateur dans le jeu politique : je ne crois pas que l'on puisse oublier les femmes lapidées dans les stades. Je crois que certains crimes s'imposent comme des maux absolus hors des limites du pardon, et ce même, ou surtout, au nom de la réconciliation nationale.

Conclusion

Où va l'Afghanistan aujourd'hui ? Au moment ou je finis l'écriture de ce livre, mon pays est à feu et à sang, dans un état catastrophique sur tous les tableaux : sécurité, santé, reconstruction, éducation... Depuis l'assassinat de Rabbani, le processus de négociation avec les talibans promu par la communauté internationale et Karzaï a été enterré. De toute façon, pourquoi les talibans auraient-ils accepté de négocier alors que le départ de toutes les forces militaires internationales a été annoncé pour 2014 ? Ils souhaitent ce départ depuis 2001, c'est précisément dans la poursuite de cet objectif qu'ils ont tué des milliers de civils par des attaques-suicides quasi quotidiennes.

Ben Laden étant mort, il paraît qu'il n'y a plus de motif pour que les Occidentaux restent en Afghanistan. Dès le début des interventions, il n'y a jamais eu de véritable accord, de stratégie concertée de la part de la communauté internationale. On n'a jamais vraiment su ce que celle-ci voulait pour mon pays ! Je dirais cyniquement que l'avenir de l'Afghanistan a été redéfini chaque fois qu'il y a eu une campagne électorale dans un pays membre de la force militaire présente sur le terrain.

Mais le monde entier doit savoir ce que va entraîner

le retrait des troupes étrangères. Depuis 2001, on n'a pas réussi à reconstruire le pays, ni à former une armée digne de ce nom pour se protéger du voisin pakistanais chez qui les talibans reprennent des forces. Pourtant, toutes les conditions étaient réunies : le soutien du peuple, les moyens financiers, la mise en place d'un gouvernement « choisi » par la communauté internationale. Et il faudrait imaginer que, dans les deux années à venir, on va y parvenir ? Alors même que les talibans gagnent chaque jour plus de territoires, tuent des civils, brûlent des écoles, lapident des femmes ? Alors même qu'ils parviennent à mener des actions au cœur de Kaboul où plus de vingt-sept pays étrangers ont une présence militaire ? Alors même qu'ils auront beau jeu de refuser la négociation avec un gouvernement notoirement corrompu, qu'ils qualifieront de non légitime ?

Comment ne pas penser que la situation va empirer ? Comment ne pas penser que les talibans, une fois revenus au pouvoir, ne se vengeront pas sur cette population qui a « collaboré » avec l'ennemi ? Et au sein de cette population, comment imaginer qu'ils ne commenceront pas par persécuter les femmes ?

Que faire alors ? Je n'ai pas la prétention de développer en deux pages le programme miracle que les plus grandes puissances du monde n'ont pas su élaborer. Mais je peux témoigner de ce qui m'est apparu, de l'intérieur, comme des évidences, des urgences.

Briser le cercle vicieux de la corruption. Pour les Afghans, « l'honneur » est plus important que tout. Il faut jouer sur cette particularité culturelle, et ne pas hésiter à procéder à des arrestations médiatisées pour les corrompus. La peur de l'opprobre public sera dissuasive, c'est certain. Cela aidera aussi le gouvernement à gagner sa légitimité dans le cœur du peuple, qui le verra œuvrer au bien public et non à l'enrichissement de ses membres.

Réintégrer dans l'armée les anciens moudjahidines qui sont au chômage depuis 2001. Ils connaissent leur pays, ils connaissent l'ennemi. Ces hommes, aujourd'hui désœuvrés, ont une expérience et une compétence militaires infiniment supérieures à celles des jeunes gens qui s'enrôlent actuellement pour la seule assurance d'un modique salaire.

Informer le peuple. Il mérite de savoir ce qui se passe dans son propre pays. Il mérite de savoir ce que l'on envisage en son nom pour son propre avenir. Il est assez mûr pour qu'on lui parle des bavures militaires, assez généreux pour accepter des excuses si on les formule sincèrement. Assez fort pour être activement impliqué dans le combat. Mais à condition qu'on le respecte, c'est-à-dire qu'on le considère comme le premier interlocuteur du pouvoir supposé le représenter.

Se concentrer sur la reconstruction en impliquant les citoyens pour lesquels on reconstruit. Écouter les villageois, s'adapter à une réalité qui ne peut être définie dans une agence, autour d'une table, à l'autre bout du monde.

Pérenniser les projets et les engagements. Construire une école n'est pas qu'un travail de maçonnerie. Cela implique de former les professeurs, d'être capable de reconstruire le toit qui s'effondre en hiver, de creuser des puits pour l'hygiène et d'assister psychologiquement et matériellement les mères qui envoient leurs enfants étudier.

Former tous les fonctionnaires du pays. Sinon, il n'y aura jamais d'administration viable. Un truisme, vraiment ?

Arrêter d'envoyer des experts internationaux payés

des fortunes, alors qu'ils ne connaissent ni le pays ni la langue. Du bon sens, seulement ?

Propulser plus de femmes sur le devant de la scène. Les former et les soutenir sur la durée. Et comme premier gage de soutien, ne pas les laisser se faire tuer. Une exagération ? Malheureusement, non.

J'ignore si j'aligne les vœux pieux comme les perles du *tasbeh*[1], mais je sais que ce pays magnifique est peuplé de gens capables de nous donner des leçons de vie. Des parents avides d'offrir une éducation à leurs enfants. Des femmes courageuses qui, chaque jour, affichent leur désaccord avec les talibans et risquent leur vie, uniquement parce qu'elles travaillent. Des journalistes, des institutrices, qui comptent chaque semaine les morts dans leurs rangs. Pour eux, les Afghanes, les Afghans, mon peuple, il faut, contre tout espoir, continuer à croire en un avenir meilleur.

Je pense à Hameed, qui se bat sans relâche pour dénoncer les corrompus de son pays au détriment de sa carrière et sans craindre la haine qu'il s'attire.

Je pense à Assad. Chaque fois qu'un homme s'approche de lui à la mosquée et le serre dans ses bras comme il se doit, Assad pense qu'il est face à l'homme qui va le faire exploser.

Je pense à Daoud, qui continue à croire qu'il est utile à son pays en tant que diplomate. Qui travaille d'arrache-pied auprès des institutions internationales pour que l'Afghanistan ne tombe pas dans les oubliettes, au prix de l'éloignement avec sa femme, Anne, et ses enfants, Elias et Rostam.

1. Chapelet.

Je pense à Zaman, qui essaie de sensibiliser sa fille Jeanne et sa nièce Mariame à ce pays magnifique en leur racontant les belles légendes de notre enfance, afin que l'histoire perdure.

Je pense à Suraya, aujourd'hui une grand-mère attentionnée qui a combattu son côté « traditionnel » et accepté que sa fille Homaira épouse un Américain et soit heureuse ainsi.

Je pense à Chakila, qui est parvenue à penser un peu plus à elle et à accepter d'aller au restaurant de temps en temps avec ses enfants merveilleux, même si cela lui est toujours difficile – parce qu'« avec cet argent on pourrait nourrir une famille pendant une semaine ».

Je pense à Sohaila, veuve si jeune, qui n'a pas perdu le sens de l'autodérision et sourit face à ses propres épreuves, rit de ses nombreuses maladies psychosomatiques.

Je pense à Lailoma, qui a réussi à faire partir ses filles aux États-Unis, où elles ont suivi des études, se sont mariées et ont fait d'elle une grand-mère comblée, loin des chaleurs torrides du Pakistan.

Je pense à mes sœurs qui, aujourd'hui, rient de ma mémoire parfaite et un peu obsessionnelle quand je leur récite les chants, les histoires et légendes que nous racontait notre maman.

Je pense à ces centaines de jeunes réfugiés qui ont traversé au péril de leur vie plusieurs pays, en endettant tout un village, pour arriver en France. Je pense à leur espoir et à leur soif de liberté alors qu'ils s'entassent dans les parcs parisiens avant d'être rapatriés dans notre pays à feu et à sang. Ils sont jeunes, éduqués, parlent plusieurs langues étrangères, et leur propre terre ne leur propose aucun avenir.

Je pense à mes frères qui sont de bons maris et de

bons pères, qui ont beaucoup changé, qui traitent si bien leurs filles et me rappellent en le faisant que tout est donc possible.

J'espère surtout que ce livre sera un recueil de souvenirs pour mes nièces et mes neveux que j'aime tant, malgré, pour certains, mes relations difficiles avec leur père. J'espère qu'il les aidera à comprendre combien leurs grands-parents étaient formidables. Qu'ils n'oublieront pas que Sikandar se battait pour de nobles causes avec autant de courage que d'humilité. Que Mariam était belle, attentionnée, et d'une dignité à l'épreuve de tous les tourments du monde.

J'espère que ce livre les aidera à ne jamais oublier combien leurs parents ont souffert durant les décennies de guerre, afin que leur avenir à eux soit plus léger et rieur.

J'espère qu'ils seront fiers de leur pays même si, pour la plupart, ils ne le connaissent pas. J'ose même espérer qu'un jour, ils pourront apprendre à le connaître et que, ce jour-là, ils le trouveront en paix.

Ma situation actuelle.

Je suis toujours aussi active pour nos écoles, nos centres de santé, notre journal *Roz*, nos centres psychosociaux, et toujours aussi bien entourée de fidèles amis et de merveilleux bénévoles. Nous sommes tous motivés par la fierté de constater que certaines femmes afghanes vivent un peu mieux grâce aux projets de l'association.

Je suis totalement en dehors du monde politique et diplomatique, même si je compte encore de nombreux amis « en service », certains à des postes importants, tous motivés par la seule idée qu'ils peuvent être utiles.

Je suis dorénavant impliquée aussi dans des combats

sociétaux en France et en Europe. Mes amis et moi avons créé une structure pour nous attaquer aux sujets qui nous tiennent à cœur dans les secteurs public et privé, notamment la place des femmes dans l'entreprise.

Je suis mère d'une petite fille, Mariame. Je me dis chaque jour qu'elle a de la chance d'être du bon côté, d'avoir accès à toutes ces formes de liberté, à une bonne éducation. Pas une journée ne passe sans que je pense que, si ma fille et moi vivions à Kaboul, nous prierions quotidiennement pour que l'on ne nous abandonne pas.

Je suis une mère heureuse d'avoir donné un héros pour père à sa fille. Un père qui n'est pas là tous les jours parce qu'il consacre sa vie à la cause de l'Afghanistan, un père dont Mariame est déjà très fière alors qu'elle n'a que deux ans.

Je suis la fille de Sikandar. Je suis une fille d'Afghanistan. Mon pays est beau et vaste, peuplé de gens magnifiques, aux vastes rêves.

RÉALISATION : NORD COMPO À VILLENEUVE-D'ASCQ
IMPRESSION : CPI BRODARD ET TAUPIN À LA FLÈCHE
DÉPÔT LÉGAL : OCTOBRE 2012. N° 108165. (70022)
IMPRIMÉ EN FRANCE